이별이 어려운
너에게
전하는 말

이별이 어려운 너에게

전하는 말

지민석 지음

프롤로그 ——————————————————————

1.

　많은 권수는 아니지만, 지금까지 몇 권의 책을 집필하였습니다. 매번 집필이 다 끝난 이후에 원고 성격에 따라 가장 어울리는 제목을 입혀 왔었는데요. 이번 책은 책 제목부터 먼저 결정한 후 집필을 시작했습니다. 「이별이 어려운 너에게 전하는 말」 이별이 어렵다고 느끼는 사람들에게 과연 어떤 이야기를 들려주면 좋을까? 라는 고민으로부터 이 책의 집필은 시작되었습니다.

　그래서 '괜찮다, 힘내라, 시간이 해결해 준다, 좋은 사람 만날 수 있다.'와 같은 막연한 위로의 메시지를 담기보단, 헤어짐을 겪은 사람이 이별의 모든 과정을 건강하게 건너갔으면 하는 마음으로 공감할 수 있는 이야기들을 충분히 담아내려 노력했습니다.

2.

이 책은 1부 2부 3부까지 큰 목차 세 개로 나뉩니다. 그 중 처음을 여는 1부는 「이별을 받아들이는 연습」입니다. 이별이 아픈 것은 당연한데도 그 감정을 무작정 외면한다면 아픔이 오히려 증폭되어 깊은 잔상으로 남거나, 다음 사랑에 좋지 않은 영향을 주게 됩니다. 그래서 사랑의 끝에서 건너지도 뒤돌지도 못하고 있는 사람이 읽으며 공감할 수 있는 다양한 이별 주제의 픽션 글을 담았습니다. 가둬두었던 아픈 감정을 끌어내 대면하는 시간 안에서 사랑의 상실 후 남은 것들을 잘 흘려보내시길 바랍니다.

2부의 주제는 「새로운 사랑을 위한 연습」입니다. 1부를 통해 아픈 감정을 받아들이고 떠나보냈다면 2부에서는 지난 사랑을 어떻게 해석해야 하는지, 새로운 사랑을 맞이하기 전에 알아둬야 하는 것은 무엇인지 생각하고 소화하는 시간을 가지셨으면 좋겠습니다. 지난 사랑을 나의 뿌리를 튼튼히 하는 거름으로 삼아 더 단단해진 마음으로 새로운 사랑을 기다릴 수 있게 되길 바랍니다.

마지막 3부의 주제는 「나를 사랑하는 연습」입니다. 결국, 나를 사랑하는 마음이 뒷받침되어야 이별도 새 사랑도 건강하게 할 수 있다고 생각합니다. 사랑과 이별에 시간과 노력을 쏟는 동안 뒷전으로 물러나 있던 나를 사랑하는 방법을 알아가셨으면 하는 마음입니다.

3.
  누군가가 건네는 말로 이별이 주는 상처가 쉽게 회복되지는 않겠지만, 그럼에도 불구하고 이 책에 담아낸 많은 말들이 당신에게 닿아 이전보다 덜 아프고 조금은 더 빨리 낫기를 바랍니다. 지난 사랑에 상처받았다고 해서 새로운 사랑을 시작하는 것을 두려워하지 않았으면 해요. 더 큰 사랑과 더할 나위 없이 좋은 인연이 당신에게 반드시 찾아올 거니까요. 그 믿음 하나로 이별의 상처가 희미해지길 소원합니다.

  많은 생각들로 고단했던 당신의 새벽이 괜찮아지기를 바라요. 힘든 계절, 조심히 건너가시고 언제나 아프지 마세요. 몸도, 마음도요.

2024년 가을 초입, 작업실에서
지민석 드림

차례

─── 1부 ───
이별을 받아들이는 연습

3부
나를 사랑하는 연습

1부

이별을
받아들이는
연습

너를 정리하는 일

우리는 그날 그렇게 헤어졌다. 미친 듯이 싸우고 감정이 누그러지면 서로 노력하자는 약속과 함께 화해하는 그 과정을 더는 반복하고 싶지 않을 정도로 지쳐 버렸다. 뭐, 미치도록 그리워서 다시 재회한다고 해도 딱 며칠만 좋겠지. 늘 그랬듯이 똑같은 과정을 거쳐 같은 곳에 더 큰 상처를 입힐 테고. 이제 너와 도돌이표를 찍는 감정싸움은 절대로 할 수 없다고, 재결합은 무슨 일이 있어도 하지 않을 거라고 굳게 다짐하며 집으로 돌아왔다.

신발을 벗자마자 그런 생각이 들더라. '제대로 자각하고 슬픔이 시작되기 전에 네 흔적은 다 지워버려야겠다.' 나는 그간 너와 찍었던 수많은 사진을 모두 삭제했고, 사진에 이어 우리의 소중한 순간이 담겨있던 SNS의 게시글도 모두 지웠다. 그간 길고 길었던 시간이 무색하게 이별을 정리하는 일은 생각보다 간단했다.

'이렇게 금방 끝날 일이었다니.'

연애할 때 아낌없이 너를 자랑했던 탓에 내 주변 모든 사람에게 "예쁘게 만난다, 보기 좋은 커플이다." 이런 말들을 심심치 않게 들었는데 이제는 누가 봐도 헤어진 사람의 티가 제법 난다. 그래, 남들이 어떻게 생각하는지 신경 쓸 필요는 없지. "그렇게 유난을 떨면서 연애하더니 쟤도 결국 헤어지네."라는 비웃음을 사도 상관없다. 그런 눈초리와 시선 때문에 너와 연애를 억지로 꾸역꾸역 이어갈 만큼의 여유는 이제 남아 있지 않으니까.

'그래, 차라리 잘 됐어. 그동안 아무리 싸우고 헤어지자고 말해도 네 흔적을 지운 적은 없었는데 이젠 진짜 끝이야.'

그토록 긴 사랑의 끝인데도 정리 자체는 너무 간단해서 당황스럽고 허무하기까지 했다. 지금 선택에 후회하지 말자고 잘한 거라고 자신을 다독이며 씻기 시작했다. 이 물에 나의 복잡한 심정까지도 씻겨 내려가길 바라면서. 한참을 씻고 나오니 약간은 상쾌하기도 하고 괜찮아진 듯했다. 멍한 기분으로 옷을 갈아입으려고 옷장을 열었는데, 순간 풍기는 익숙한 냄새가 나를 마비시켰다. 눈물이 등줄기를 타고 목구멍까지 올라왔다.

아, 내가 자만했구나. 기록은 쉽게 지워져도 내 일상에 스며들었던 너, 나의 삶 곳곳에 묻은 네 손때를 지우는 것은 쉽지 않겠구나. 그리고 그 깨달음에 힘이 풀린 내 앞에는 네가 놀러 올 때마다 입었던 잠옷이 걸려 있었다.

'저 티 쪼가리, 목 늘어났다고 버리라고 새 옷을 사주겠다고 몇 번을 말했는데 기어코 안 버리고 걸어 놨었네.'

막을 수 없이 쏟아지는 네 모습들이 머릿속을 채웠다. 참아왔던 눈물은 주책맞게 멈출 줄을 몰랐고 한동안 그 자리에서 발걸음을 옮길 수 없었다.

너를 정리하는 일.
너무 어려울 거 같다.

울음

  자꾸 털어내려고 해도 "끝"을 상기시키는 만남. 단지 "함께"라는 이유만으로 행복했던 우리의 모습을 더는 찾아볼 수 없다. 연애하는 내내 줄곧 붙어 있다 보니 입맛, 식성, 취미 등 모든 것이 서로를 닮았던 우리가 이제 함께일 때의 표정만은 달라졌다.

  너와 한때 매주 갔을 정도로 좋아하던 식당에 가서 오랜만에 함께 밥을 먹었던 날, 서로 눈 한번 쳐다보지 않고 대화 한마디 없이 밥알을 넘겼을 때 이제 이 연애의 기한이 다 되었음을 실감했다. 무더운 날, 비가 세차게 내리는 날, 발이 시리도록 추운 날 가리지 않고 예쁜 카페를 찾아다니는 것을 좋아했던 네가, 이젠 건조한 말투로 밥집 앞에 보이는 아무 카페나 가자고 하니 눈물이 났다.

  몇 번의 헤어짐과 만남. 더는 미래가 없는 관계라는 걸 너도 알고, 나도 알지만. 그럼에도 네 입에서 제발 헤어지자는 말만은 나오지 않기를 바랐다.

난 늘 그랬다. 네 연락을 기다렸고, 네가 보고 싶다고 하면 네가 있는 곳으로 한걸음에 달려갔으며, 네가 나에게 싫증을 느끼고 있지는 않은지 언제나 네 눈치를 살폈다. 왜 그렇게 매달리는 연애를 했냐고 묻는다면, 나도 사실 잘 모르겠다. 난 네가 아니면 안 된다는 생각이 언제나 먼저였으니까. 이 틀에 나를 스스로 가둬버린 지 너무 오래되었다. 이런 어처구니없고 막무가내인 내 논리 속에서 자꾸만 합리화하면서 너를 놓지 못했다.

네 앞에서 처음 운 날. 너는 무척이나 다정했다. 몸을 낮춰 눈을 맞추고 내 말에 집중하면서 나를 다독였다. 나는 그런 다정함 때문에 너에게 더 푹 빠지게 되었고, 어쩌면 여전히 그때의 따뜻함이 남아 있진 않을까 하는 기대로 버텼던 거 같다.

하지만 이젠 너에게 그런 일말의 희망조차 가지면 안 될 거 같다. 태어나고 처음으로 살다 살다 밥집에서 울어

보게 됐다. 주변 사람들의 시선 따위는 신경 쓸 수도 없을 정도로 감정이 흘러나왔다. 그런 나를 보면서도 창피하게 왜 우냐며 다그치는 네 말과 행동이 나를 더 비참하게 만들었다.

 이미 아주 초라하지만, 나를 더 슬프게 만든 건 내 과거 속에 머물러 있는 너를 아직도 좋아하고 그리워하는 내 자신이었다. 어디서부터 잘못된 걸까? 먼 과거까지 떠올리며 생각해 봐도 도저히 모르겠다. 너와 함께했던 지난 시절의 기억을 아무리 더듬어 봐도 우리 사이에 큰 문제는 없었는데. 그냥, 내가 너만 바라보고 있어서 질린 거였나.

 그 순간 정신이 맑아지더라. 내가 지금 여기서 뭐 하고 있는 건지. 계산하고 식당을 나와서 빠르게 걸었다. 뒤도 돌아보지 않고 잰걸음으로 그 악몽 같은 자리를 벗어났다. 네가 따라 나오며 내 이름을 부르는 소리가 저 멀리서 들리는 것 같았지만 쳐다보지 않았다.

 사람 마음이 참 웃긴 게 그렇게 먼저 자리를 떠나버려

놓고는 집으로 가는 길 내내 휴대전화만 확인하고 있더라. 혹시 너에게서 연락이 올까 싶어서. 그러나 그렇게 헤어졌는데도 너는 역시 아무 연락이 없더라. 나도 이번에는 절대 먼저 연락하지 않기로 다짐했다. 매번 연락하며 손 내미는 건 언제나 내 쪽이었으니까. 몇 번의 헤어짐과 재결합의 반복도 다 내가 너를 놓지 않아서 가능했었던 거니까.

그 뒤로도 한참의 시간이 흘렀지만, 너의 연락은 없었다. 그날로부터 다음날도, 그다음 날도. 지금까지도. 내가 당연하게 생각해 왔던 것들, 익숙한 것들이 당연하지 않게 될 때면 사람 마음은 참 공허해진다. 내가 그동안 너를 여러 번 붙잡았던 건 그 공허함 때문이었다. 날 사랑하지 않는 너지만 그런 너마저 없는 삶이 끔찍이도 싫어서.

너는 내 사랑을 받는 것이 익숙하고 당연할 텐데, 지금 너도 나처럼 공허할까. 만약 그렇다면 그 공허함이 너를 오랫동안 몹시 아프게 하고, 또 힘들게 했으면 좋겠다.

불신

평생 갈 것만 같던 사랑도 타버려 한 줌의 재가 되고
이내 영원한 사랑은 없다는 걸 알게 됐으며
결국, 온 힘을 다한 사랑 끝엔 상처로 얼룩진 내 마음만

그저 덩그러니.

아쉬운 사람

연애하고 이별하면서 깨달은 것이 있다. 누가 먼저 좋아
했는지는 전혀 중요하지 않다는 것이다. 결국, 마지막에
누가 더 좋아했는지가 중요하다. 내가 겪은 사랑을 생각
해 보면, 어떤 연애는 헤어진 후에 상대방이 전혀 그립지
않았고, 다른 어떤 연애는 이별까지 상황을 몰고 온 내가
미워 못 견딜 정도로 그 사람이 궁금하고, 보고 싶어서 미
칠 것 같았다. 전자의 연애는 상대가 나를 더 좋아했던 경
우고, 후자의 연애는 내가 그 사람에게 매달렸던 경우다.

두 사람이 만나 연애하면 필연적으로 갖게 되는 사
랑. 이 마음의 총량이 100%라고 가정해 보자. 그 어떤
연인도 사랑의 총량 100%를 딱 반으로, 그러니까 상대
방 50%나 50%로 딱 절반씩 나눠서 사랑할 수는 없다.
62%와 38%, 58%와 42%. 이렇게 꼭 누군가의 사랑이 더

큰 상태로 100%의 사랑을 만드는 것이다. 그리고 51%와 49%처럼 딱 1%의 차이만 나더라도 한쪽이 다른 한쪽을 더 좋아하고 사랑하게 된다.

그래서 아쉬움 같은 건 하나도 없는 너와 달리 나는 헤어지고 나서 이토록 많은 미련을 끌어안고 사는 것이다.

내가 길을 걷다 너를 우연히 만난다면 어떤 반응을 보이게 될지 생각해 보았다. 온몸이 따가울 정도로 놀라서 경직될까. 아니면 멋쩍지만 너에게 가벼운 눈인사라도 할까. 그것도 아니면 그 자리를 황급히 벗어날까. 우습게도 상상할 때마다 그 결과는 달라지더라.

너를 아쉬워하는 마음이 자꾸 1%씩 더해져서.

상처 그리고 흉터

따갑지 않은 햇빛, 적당한 온도, 그리고 선선한 바람. 그날은 네가 사랑하던 가을 냄새가 물씬 나던 나른한 주말이었다. 나는 평소와 다름없이 너를 만나러 향했다. 오늘은 장을 봐서 요리하자는 내 말에 너는 날씨처럼 상쾌한 목소리로 알겠다고 했다.

우린 집에서 가장 가까운 마트에 들렀고 여기서 작은 사고가 생겼다. 네가 먼저 앞장서서 가게 문을 열었는데 문이 닫히는 과정에서 내 발목이 그 문에 끼게 된 것이다. 큰 상처는 아니었지만, 피가 좀 보였고 살이 벗겨졌다. 다친 나를 보고, 너는 너무 놀라면서 괜찮냐고 연신 내게 물었다. 살짝 쓰라리긴 했지만, 크게 다친 것도 아니었고 네가 더 걱정할까 봐 괜찮다고 하며 안심시켰다.

그래도 너는 지금 장을 보는 것이 중요한 게 아니라며, 빨리 연고를 바르자면서 나를 붙잡고는 서둘러 집으로 향했다. 그 작은 손으로 상처를 살피는 내내 정말 아프지 않냐고, 미안하다고 울상을 지으며 사과했다. 고통을 주는 상처보다는 내 상처를 보고 한껏 내려간 너의 눈썹과 입꼬리, 어쩔 줄 몰라 하는 모습만 보였다.

평소에도 워낙 다정한 사람이었지만, 그날 나를 대하는 네 모습은 이 계절의 유일한 온기를 보는 것 같았다.

그렇게 너는, 잊지 못할 따뜻함만 남긴 채 내 곁을 떠났다. 사람은 살아가면서 자기 발목을 유심히 관찰하려고 하지 않아도 종종 보게 된다. 의자에 앉아 있을 때나 다리를 펴고 있을 때 무의식적으로도 몇 번이나. 이별의 아픔은 이제 무뎌졌다. 무뎌졌다고 생각했다. 너와 이별한 이후 시간도 어느 정도 흘렀으니까.

그런데 오늘은 나갈 채비를 하다가 발목에 있는 흉터가 눈에 보였다. 새살이 차오르고 통증은 없어졌지만, 그날 너와 보냈던 시간이 꿈이 아니었다는 듯, 옅은 흉터가 자리하고 있었다.

어릴 땐 다리에 흉터가 꽤 많아서 은근히 콤플렉스였는데, 시간이 지나고 보니 지금 내 다리엔 그때의 흉터들은 보이지 않는다. 흉터도 결국 사라진다. 다만 그 시간이 오래 걸릴 뿐이지. 이 흉터가 완전히 사라질 때쯤 너를 그리는 이 마음도 다 소멸할까.

이제는 발목에 생긴 흉터가 콤플렉스로 느껴지진 않는다. 우리가 함께했던 그 시절이 내 몸에 작게나마 살아가고 있는 것으로 느껴지니까. 발목의 작은 흉터가 조금은 천천히 사라져도 괜찮겠다 싶은 날이다.

너를 지우는 숙제

잊어야 한다고 아무리 다짐해도 사람을 잊는 게 그렇게 쉬운 일은 아니더라. 그리움이라는 독이 나를 망치고 있다는 걸 알면서도 그 마음을 끊어내는 게 쉽지 않더라. 적적한 마음에 지인들을 만나 술 한잔 걸치며 시간을 보내도 네 생각만 더 나더라. 길을 걷다 너와 뒷모습이 비슷한 사람이 지나갈 때 혹시 너일까 확인하는 나를 볼 때마다 얼마나 초라해졌는지 너는 알까.

너를 지우는 숙제는 생각처럼 쉬운 일이 아니었다. 내가 너를 '지금부터 사랑할 거야.'라고 다짐한 순간부터 너를 사랑했던 게 아니듯이, 너를 잊기로 마음먹었다 해도 마치 네가 원래부터 없었던 듯 빠르게 털어내고 살아가는 건 불가능에 가깝더라.

참 야속하게도 네가 떠나간 이후 세상의 모든 것들은

자연스러운데, 네 흔적만 남은 내 세상은 너무도 부자연스럽게 느껴진다. 나이도 먹을 만큼 먹어서 이젠 울면 주책이라는 소리를 듣는데, 왜 바보같이 눈물이 자꾸만 흐르는 걸까.

네가 꿈에 나오면 그날은 잠에서 깬 순간부터 밤이 될 때까지 내내 무기력하다. 내 마음이 빈곤해서 자꾸만 너를 찾게 되는 거 같다. 몇 번의 계절을 더 보내야 이 마음이 진정될까. 어릴 때 방학 숙제를 몰아서 했던 기억이 있는데 이 숙제는 몰아서 하는 것도 안 된다. 누가 대신해 줄 수도 없다. 누구의 도움도 없이 온전히 나 혼자서만 할 수 있는 숙제.

너를 지우는 일이 이렇게나 어렵고 힘들다.

유독 잊을 수가 없는 사람

당신에게도 마음 한편에 간직하고 있는 사람이 존재하는지 묻고 싶다. 추억하고 싶을 때마다 꺼내 보는 사진 한 장과도 같은 사람. 진한 사랑과 아쉬움이 깃든 연애를 해 본 이들이라면 주머니 속 한 장의 사진 같은 사람 한 명쯤은 저마다 가슴 속에 품고 살아가기 마련이다.

꽤 많은 연애와 이별을 겪어 본 사람일지라도 유독 잊을 수가 없는 사람은 있기 마련이다. 물론 사람마다 그 기준이 다르긴 하겠지만, 유독 어떤 한 사람만큼은 내 마음 속에 오랫동안 머무르며 존재한다. 외모가 특출나게 예쁘고 잘생겼던 사람도 아니고, 연애했던 기간이 가장 길었던 사람도 아니며 사귀는 내내 나와 결이 잘 맞았던 사람도 아니다.

사진 한 장과도 같은 사람. 유독 잊을 수가 없는 사람은 내가 가장 많이 못 해줬던 사람이다. 내가 받은 만큼 돌려주지 못했던 사람. 여기서 그 사람에게 받은 것은 어떤 물질이 될 수도 있고 진심 어린 따뜻했던 마음이 될 수도 있다.

함께할 때 잘해주지 못했고, 해주지 못한 것들이 눈에 밟힐 때 그 사람이 떠난 자리는 유독 더 아프게만 느껴진다. 꺼내 볼수록 후회로 가득한 지난 연애, 그 사람과 함께했던 기억은 어쩌면 미련 범벅이다. 시간을 돌릴 수만 있다면, 다시 돌아갈 수만 있다면 너에게 최선을 다할 텐데. 네가 했던 말을 자세히 기억하고 네가 싫어하는 행동은 절대 하지 않을 텐데.

그 모든 미련과 후회에 대한 소화는 남겨진 나의 몫이다.

누군가는 말한다. 있을 때 잘해라, 놓치고 후회하지 말아라, 그 사람도 다른 누군가에겐 매력적인 사람이다. 틀린 말이 하나 없다. 단지 현재 상황에서 뼈저리게 공감 가는 이 말들이 그때 당시엔 와닿지 않았던 것뿐.

연애할 때 그 사람은 언제나 나에게 최선을 다했다. 내가 하는 말에는 언제나 귀 기울였으며 그 사람의 일상과 미래의 그림엔 언제나 내가 함께했다. 사랑할 때 최선을 다했던 사람은 연애가 끝난 후에도 미련이 없다고 하던데 그 사람도 그랬으면 한다. 그 사람의 마음이 피부로 체감될 수 있을 정도로 나는 정말 과분한 사랑을 받았었으니까. 귀한 마음 알아보지 못한 나였음에도 그 사람은 내가 자신의 전부라고 숨김없이 표현해 주었었으니까.

나는 내일도 오늘만큼 당신이 그리울 것이다. 하도 당신의 사진을 자주 꺼내 봐서 손때가 묻고 꼬깃꼬깃해졌지만, 미안한 만큼 시리게 아파서 빛바랜 추억이라도 다시 들여다보고 싶을 뿐이다.

일기 1

진짜 초등학생 이후로 일기라는 걸 처음 써본다. 너와 헤어지고 한 달이란 시간이 흘렀을까. 나는 헤어지기 싫어서 너의 바짓가랑이를 붙잡으며 내가 잘하겠다고 변하겠다고 울고불고 매달렸지만, 네가 말했지. 사람은 변하지 않는다고.

그렇게 너는 너무나도 차갑게 등을 돌렸어. 그때 너의 그 표정을 아직도 지울 수가 없다. 사람이 어떻게 그렇게도 매정한지. 자신의 결심을 지키려고 하는 사람의 모습이 얼마나 단호한지 나는 그때 너를 보고 처음 알았어.

그렇게 너와 헤어지고 처음에는 친구들을 만나면서 시간을 보냈어. 혼자 있으면 도저히 못 견딜 거 같아서. 참 우습게도 몇 날 며칠 약속을 잡으니까 이제 더는 만날 사람도 없더라. 연애하는 내내 줄곧 너하고만 시간을 보내서 그나마 몇 명 있지도 않았던 친구들도 정리가 됐던 참이라.

오히려 약속이 없는 날, 조용히 혼자 있는 시간에 감정을 정리하기 더 쉬웠던 거 같아. 네가 서점에서 꼭 한번 읽어보라고 사줬던 책을 이제야 읽어보게 되었고, 아무것도 하지 않으면 쓸데없는 잡생각들이 나를 집어삼켜서 영화나 드라마도 일부러 찾아봤어. 적막만이 감싸는 방 안에 있을 때면 견딜 수 없이 네가 궁금해서 너의 SNS를 들락거렸는데, 그런 내 모습이 너무 한심해 SNS 계정을 탈퇴한 지도 오래야.

한 달 정도의 시간이 지나니까 어느 정도 마음을 추스를 수 있게 되더라. 벌써 괜찮아졌냐면서 서운해하지는 마. 일부러 악착같이 네 생각을 하지 않으려 애썼고, 너는 이제 내 인생에 없는 사람이라고 되뇌며 지우기에 바빴으니까. 당장 헤어졌을 때는 네가 없는 이 공간이 물속인 듯 숨 쉬는 것도 행동도 버거웠는데 이제는 숨 좀 쉴 수 있을 정도가 됐다는 말이니까.

이제 이렇게 몇 달만 더 시간이 지나면

나 정말 괜찮아지겠지.

괜찮아질 거야. 꼭 그럴 거야.

그래야 내가 살 수 있으니까.

일기 2

일기를 쓰고 누운 그날 밤.

휴대전화에서 익숙한 번호로 전화가 울렸다.

받아보니 너였다.

한밤중.

술에 취한 너는 내게 보고 싶다고 했다.

그리고 내게 말했다.

혹시 지금 볼 수 있냐고.

결국에는 똑같더라

1. "야, 잊어. 잊어. 더 좋은 사람 많아."
이별주라고 지인들과 기울인 잔만 해도 셀 수가 없다.

'그래, 내가 다시는 사랑에 속나 봐라.'
당분간 연애는 절대로 하지 않겠다고 다짐했다.

2. '연애하면서 썼던 돈, 시간, 그리고 마음도 이제는 전부 나에게만 쓴다.' 그렇게 다짐하니까 홀가분했다. 이 다짐이 얼마나 오래갈지는 모르겠지만, 하고 싶은 건 모두 하면서 누구의 눈치도 보지 않고 내가 원하는 대로 살았다.

3. 지난날의 연애에 대한 기억이 희미해질 무렵, 내 인생에 불쑥 네가 나타났다. 자꾸만 신경 쓰이게 옆에서 알짱

대는 너. 몇 번이나 무심하게 지나쳤지만, 그때마다 너는 내게 손을 내밀었다. 익숙하면서도 낯선 감정. 설렘이 느껴지지만 두려움도 공존하는 마음. 이제야 좀 살만해진 거 같은데, 왜 나를 힘들게 하는 거야. 나, 다시는 연애 같은 거 안 하려고 했는데.

4. 무서웠다. 새로운 연애를 시작한다는 설렘보다는, 이 연애가 끝나고 또 속앓이할 내 모습이 보여서. '덜컥 이 애를 좋아하게 되면 어쩌지.' 감당할 수 없는 마음은 처음부터 키우지 않아야지 다짐했다.

5. 그렇게 쌓아 올린 마음의 벽과 내 다짐을 너는 아주 쉽게 부수고 들어왔다. 그리고 다정하게 말했다. 겁내지 말라고, 자신만 믿으라고, 이 마음 변하지 않을 자신 있다고, 내가 너무 좋다고. 나를 사랑한다고. 나 없으면 안 될 거 같다고.

6. 바보같이 그 말을 또 덜컥 믿어버렸다. '그래, 겁내지 말자. 지금 당장 좋은 것만 생각하자. 그러기에도 부족한 시간이잖아.' 손이 왜 이렇게 차갑냐며 잡아주던 너의 손

은 참 따뜻했다. 입꼬리에 걸린 네 미소가 지난날의 나를 녹였다. 다시 또 누군가를 진심으로 사랑하게 되었다. 시간이 지날수록 네 모든 것이 내 안에 깊이 뿌리내렸다.

7. 1년. 딱 1년이다. 1년이 지나니까 너는 달라지기 시작했다. 처음엔 짜증을 내기 시작했고 짜증을 내는 빈도가 잦아지니 큰소리로 화를 내기도 했다. 하지만 고작 이런 갈등과 다툼의 이유만으로 너와 헤어질 수는 없었다. 아니, 헤어져야겠다는 생각조차 들지 않았다. 1년 전의 나라면 당장 이 만남을 그만두었겠지만 이젠 너를 너무 많이 사랑하고 있었다.

8. 이후로도 너는 내게 무신경한 게 느껴졌다. 바쁜 일이 있더라도 시간을 내어 매일 통화를 했던 우리는 그저 텍스트로만 연락하는 날이 많아졌고, 데이트할 때면 서로의 눈을 맞추고 대화를 하는 빈도보다 휴대전화에 시선을 두는 날이 더 많아졌으며, 너는 나보다 친구들과 더 많은 시간을 보내곤 했다. 그런데도 나는 너를 이해했다. 여전히 사랑하고 있으니까.

9. 서운함은 쌓일수록 염증이 된다. 그리고 그 염증은 시간이 지나면 곪아 터지기 마련이다. 내 마음도 그랬다. 언젠가 울화통이 치밀어 너에게 서운함을 털어놨다. 그러자 너는 또 우냐면서, 도대체 뭐가 불만이냐면서, 자신도 노력하고 있는 거 보이지 않냐면서 나를 다그쳤다.

 너의 그런 태도를 보고 나는 더 할 말이 없었다. 아니, 할 말을 잃었다. 입을 꾹 다물었다. 다문 입술마저도 너에게는 그저 불만이었나보다. 말이라도 좀 하라면서 화를 내는 너를 가만히 쳐다만 봤다.

10. 집으로 돌아오니 너에게 문자 한 통이 와있었다. 화해의 손짓인 줄만 알았던 나는 문자 내용을 확인하지 않았다. 지금 너와 화해할 기분이 아니었으니까. 숨을 좀 고르고 다시 연락하기로 했다. 마음이 어느 정도 진정되고 난 후 네가 보낸 문자를 열어 보았는데, 참 우습게도. 내 생각과 달리 문자는 딱 한 줄이 와있었다.

 "그냥, 우리 시간 좀 갖자. 나중에 연락할게."
 그래, 너는 항상 이런 식이었지.

11. 그 문자를 보고 나는 너에게 말했다. 헤어지자고. 몇 초의 짧은 침묵 끝에 너는 바로 알겠다고 하더라. 그냥 내가 먼저 너에게 헤어지자고 했다. 시간이 지날수록, 이 관계를 지속할수록 이 연애의 미래를 너무나도 잘 알 것만 같아서. 그렇게 나는 다시 또 이별의 과정에 들어섰다.

한 사람을 잊기 위해선 부단한 노력이 필요하다는 걸 지난날의 연애를 통해 깨달았었다. 그래, 매일 밤 힘들겠지. 먼저 헤어지자고 말했지만 그건 어디까지나 더 다치기 싫었던 나의 방어기제였으니까. 하지만 후회는 하지 않는다. 지금 내가 내린 이 선택의 결과는 시간이 알려줄 테니.

이제 더는 사랑에 상처받기 싫다.

이별 노래 플레이 리스트

자꾸 이런 노래만 검색해서 들으러 오는 내가 너무 싫다.
오늘 밤은 또 얼마나 긴 생각들이 나를 괴롭힐까.

모든 노래 가사가 하나도 빠짐없이 다 내 이야기처럼
들린다.

너의 잔상이 진한 오늘 밤,
이 노랫말이 부디 너에게 닿아
너의 밤에도 내가 묻어 뒤척이기를.

두려운 마음

이제는 사랑을 주는 것도 사랑을 받는 것도 어렵다. 아니 두렵다. 언제나 사랑 앞에서는 겁도는 나였는데, 너를 만나 진정한 사랑이라는 걸 알게 됐다. 어떤 한 사람을 이렇게나 좋아할 수 있다는 것도 너를 통해 처음 느껴보았다. 사랑한다는 말로도 다 설명할 수 없는 이 감정을 숨김없이 마음껏 표현해도 우습게 보이지 않을 수 있다는 걸 너와 함께하면서 깨닫게 됐다.

너는 나의 가장 친한 친구였고 나의 가족이었으며 나의 애인이었고 나의 전부였던 사람이다. 그런 너를 내가 어떻게 잊을까. 네가 없는 오늘은 또 어떻게 살아갈까. 너의 색으로 이미 흠뻑 물들여진 나인데, 네가 없는 나는 짙은 흑색일 텐데, 널 어떻게 지울 수 있을까.

너무 두렵다. 네가 없는 내일을 살아갈 자신이 없다. 아침에 일어나 네 연락을 확인하고 하루를 시작하는 일상도 이제 더는 할 수 없다니. 네 생각이 가득 떠다니는 방에서 겨우 잠들어 눈을 떠도, 너는 내게 아침 해가 창을 두드릴 때부터 그리워지는 사람이다. 눈 뜨자마자 보고 싶은 사람이다.

　그래서 너를 원망하기보단 나를 원망한다. 이렇게 힘들 줄 알았으면 너를 조금만 사랑할걸. 내 일상이 이렇게 무너지지 않을 정도로 적당한 마음만 내어 줄걸. 네 생각에 체할 때면 너와 함께했던 순간을 게워 내려 한다. 하지만 게워 내면 게워 낼수록 내 마음만 더 망가진다.

　현재 시각 오전 두 시 이십일 분. 너는 지금 뭘 하고 있을까.

너의 컬러링

길을 걷다 예상치 못하게 익숙한 노래가 들려와서 순간 멈칫했다. 짧은 몇 초간 아주 긴 네 생각이 한꺼번에 몰려왔다.

너의 컬러링에는 참 많은 기억이 있다.

기분 좋은 소식이 생겨서 너에게 가장 먼저
알려주고 싶을 때
네 컬러링은 마냥 내 마음을 들뜨고 설레게 했고

또 네가 무슨 일이 생겨서 연락이 안 되고
걱정이 되는 날엔
네 컬러링이 더 이상 이어지지 않기를 간절히 바랐으며

사소한 것으로 너랑 언성을 높이면서 다툰 날엔
익숙한 네 컬러링이 마치 너 같아서 듣기 싫었다.

너의 컬러링. 그저 같은 노래일 뿐인데,
저 깊은 곳에 숨겨둔 기억까지도 자꾸 헤집어 끌어온다.

슬프게도.

헤어지던 날

내 마지막 기억 속 너는 꼭 선인장 같았다. 사랑을 온통 속에 가둬두고 내가 더는 너에게 손을 대지 못하도록 날이 서 있었다. 내가 네 잎을 모조리 가시로 만들었다는 듯 원망이 담긴 눈빛이 서늘했다. 사람이 어쩜 이렇게 차갑게 변할 수 있는지.

헤어지던 날 너의 낮은 목소리, 지겹다는 표정, 모든 게 귀찮다는 말투, 사랑이라곤 조금도 남아 있지 않은 그 모습이 아직도 너무 생생하다. 그렇게 긴 시간 이어진 대화가 아님에도 너는 진절머리가 난 듯 나를 다그치고 이 상황을 빨리 벗어나고 싶어 했다.

그렇게 우린 헤어졌다.

대화를 통해 갈등과 오해를 푸는 것. 그런 개선의 의

지는 더 이상 없어 보였고, 넌 그저 나와의 모든 시간이 싫증이 난 사람처럼 눈길조차 주지 않고 그렇게 떠나갔다. 사랑이란 게 참 허무하다. 그리고 불합리하다. 한쪽이 잘 지내보려고 아무리 애쓰고 아등바등해도 다른 한쪽이 돌아서면 그 노력은 너무나도 쉽게 물거품이 되어 버린다.

우리의 이별은 드라마처럼 눈물겹거나 감상적인 장면 따위는 없었다. 지극히도 현실적이었으며, 네가 나를 대하는 마지막 모습은 내게 상처만 남겼을 뿐이었다.

헤어지던 날, 너의 모습.
그게 나에 대한 너의 진짜 마음인 걸 알 수 있었다.

그날 집에 돌아와서 다짐했다. 이제는 절대 마음 약해지지 않기로. 며칠 뒤 네가 연락이 오더라도 다시는 너를 받아주지 않기로. 너는 항상 그런 식이었으니까. 기분이 조금이라도 상하면 툭 던지듯 헤어지자고 말하는 입버릇. 당장은 네 기분 내키는 대로 헤어지자고 해도 며칠 뒤, "미안하다고." "보고 싶다고." 내가 잘못했다면서 사과하면 나는 또 바보같이 네 연락 한 통에 너를 다시 보러 나가곤 했다.

그런데, 이제는 그런 일이 다신 없을 것이다. 오늘에서
야 다짐하게 됐다. 이제 더는 너를 만날 용기가 없다. 너
를 만나는 동안 나는 너무 초라하고 불쌍했다. 나도 소중
한 사람인데, 사랑만 받기에도 부족한 사람인데, 네 앞에
만 서면 괜히 움츠리고 나 자신이 한없이 작아진다.

이제 정말 너랑 헤어져야겠다. 다시는 미련한 사랑을 반
복하지 않을 것이다.
헤어지던 날, 너의 마지막 모습을 지울 수가 없으니까.

안부

이따금 전해지는 네 소식을 들었을 때
내가 할 수 있는 게 아무것도 없다.

괜찮냐고 위로를 해주는 것도,
진심을 담아 축하하는 것도.
그 어떤 것도.

너에게 당연하게 건네곤 했던 안부였는데.

사랑이라는 감정은
그저 소모품일까

너를 만나고 난 이후부터 사랑이라는 감정은 그저 소모품이라고 여기게 되었다. 평소엔 관심도 없었던 네가 내 인생에 불쑥 들어왔다. 그때 너의 모습을 생각하자면, 적어도 내 눈에 너는 언제나 내게 진심이었다.

너와 연락하는 횟수와 빈도가 점점 늘어만 갔고, 너를 마주칠 때마다 듣기 좋은 말, 예쁜 말, 칭찬을 자주 듣다 보니 나도 사람인지라, 자연스레 너에게 없던 감정도 생기더라. 그렇게 너에게 호감이 생기게 되었고 사귀자는 너의 말에 선뜻 만나보기로 했다.

우리의 연애 초반은 남부러울 거 없이 좋았다. 그냥 모든 순간이 좋았다. 너를 만나서 함께 하는 모든 것들이 재

밌었고 너와 무인도나 오지 같은 곳에 떨어져도 둘이 의
지한다면 잘 살 수 있을 것만 같은 기분도 들더라.

특별한 기념일도 아닌데 직접 쓴 손 편지를 건네고, 내
생각이 났다면서 사 온 꽃들까지. '사랑받는 기분이 이런
거구나.' 너를 통해 알 수 있었다. 내가 스치듯 했던 말들
을 세세히 기억하는 걸 느꼈을 땐, 이젠 이 사람이 없으
면 안 된다는 생각이 들 정도로 네가 너무 좋아져 버렸다.

어떤 일이 있어도 나라는 존재가 너에게 항상 최우선 순
위였고 연애하면 할수록 네 덕에 지난 시절 연애에 대한
상처를 더는 찾아볼 수 없었다.

그래서 이젠 너를 너무 많이 의지하게 되었다.
시간이 지나면 지날수록 너는 내 마음속에 깊이 자리 잡
았다.

네가 하는 노력만큼 나 또한 네가 원하는 건 다 해주려고
노력했고, 어디 가서 기죽지 말라고 내가 할 수 있는 최선
을 다하며 늘 너를 응원했다. 네가 싫어하는 행동을 하지
않으려고 했고, 사랑하는 사람에게 맞추고 배려하기 위
해서 당연하게만 여겼던 삶의 일부를 포기하기도 했다.

사랑을 할 때 더 좋아하는 사람이 약자라고 하지. 어느 덧 연애 중반부가 되었을 땐 나는 늘 네 앞에 서면 약자가 되었다. 내 모든 것을 다 퍼줬음에도 불구하고 네가 점점 마음이 변해가고 있다는 걸 느끼게 되었다.

너는 이제 나와 보내는 시간보다 친구들과 보내는 시간 이 더 많아졌으며 내가 원하는 데이트를 하는 것보다 네 가 원하는 데이트를 하길 원했고 얼핏 보면 나랑 마주하 고 있는 순간이 지루해 보이기까지 했다.

자꾸만 쌓이는 서운함. 처음엔 참았다. 약자의 모습을 들키고 싶지 않아서. 하지만 그 서운함의 끓는 점은 그리 높지 않았고 결국 감정이 터지듯 분출되어 버렸다.

처음으로 우는 나를 보며 너는 미안하다고 했다. 하지 만 그것도 그뿐이었다. 참을 만큼 참은 뒤에 터져버린 눈 물일지라도, 눈물을 자주 보이면 그 눈물을 어느 순간부 터는 대수롭지 않게 여기게 된다. 여러 번의 갈등이 지난 후에는 네가 그러더라. 또 우느냐고, 그만 울라고. 우리의 오해는 쌓여만 갔고 감정의 골은 깊어만 갔다.
일부러 서로에게 가장 상처 주는 말이 뭔지 찾아보기라

도 한 듯 서로가 서로에게 가장 하면 안 되는 말들까지 하게 되었다. 결국, 너와 마지막으로 다투던 그날, 너는 헤어지자는 말을 꺼냈다.

우스운 말이지만 죽도록 싸우더라도 그것만은 피하고 싶었는데. 헤어지자는 너의 말을 듣고 덜컥 겁이 났던 나는 내 서운한 감정을 뒤로한 채 네 마음을 다시 돌리기에 바빴다. 역시 더 좋아하는 사람이 사랑 앞에선 철저한 을이었다.

그날, 우리는 헤어졌다. 이별하고 안 좋은 습관이 하나 생겼다. 헤어지는 순간까지도 너를 좋아했던 나는 온종일 핸드폰을 손에 쥐고 너의 SNS를 띄워두며 네가 뭘 올렸는지 수시로 확인했다. 새로운 소식이 올라올 때면 나에게 하는 말이 아닌지 과할 정도로 의미 부여를 하면서.

왜 연애 당시에 힘들었던 기억은 떠오르지 않고 좋았던 기억만 떠오르는지. 하루에도 몇 번씩 다정했던 너의 모습이 내 마음을 휘저어 놓는다. 결국, 사람은 다 변하는 걸까. 특히나 사랑이라는 감정은 그저 소모품인 걸까.

익숙함이라는 무게

익숙함이 주는 안정을 모른 채 살아갔던 것 같다.
네가 하는 잔소리마저도 사랑이었다는 걸 깨달았을 땐
이미 너무 늦었다.
아주 기적처럼 다시 시간을 돌릴 수만 있다면
나는 너와 처음 만났던 그때로 돌아가고 싶다.

너한테 못난 모습을 자주 보였던 지난날의 실수를
다시 반복하고 싶지 않다.
시간을 돌려도 결국
우리가 헤어질 수밖에 없는 운명이라면
훗날 네가 나를 떠올릴 때
그래도 좋은 사람이었다고 추억하게 하고 싶다.

내가 참 바보 같았다.

왜 사람은 지나고 나서야 후회하는 걸까.

왜 지나고 나서야만 그 소중함을 크게 깨닫게 되는 걸까.

너와 헤어지기 전까지 익숙함이 주는 무게가

이렇게나 무거운지 몰랐다.

너로 인해 내 삶이 그간 얼마나 안정이 되었고

네가 내 삶 속에 얼마나 큰 존재였는지

너를 떠나보내고 나서야,

그제야 깨달았다.

그저 견디는 거야

네 생각이 안 나냐고? 아니, 여전히 생각나. 그저 견디고 있을 뿐이야. 많은 상념이 덮치는 날일 땐 솔직히 견디는 것도 버거워. 너에게 연락할까 말까 그런 고민도 수백 번은 한 거 같아. 나 잘 지내고 있지 않아. 나 전혀 괜찮지도 않아. 그저 잘 살려고 잘 지내는 것처럼 보이려고 애쓰고 있는 것뿐이야.

네 생각이 파도처럼 밀려와 졸음도 밤도 밀어내서 동이 틀 즈음에 잠드는 게 이젠 일상이 되었어. 네 파도에 덮이는 날이면 낯간지럽지만, 어두컴컴한 망망대해에 혼자 떠 있다 가라앉는 기분이야. 너는 여전히 나한테 그런 존재야. 절대로 쉽게 잊고 지울 수 있는 사람이 아니라고.

너를 그리워하는 날이 많아질수록, 그 시간의 빈도가 짧아질수록 너를 원망하게 돼. 바람 한 번 불면 꺼지는 촛불

같은 사랑일 거면서 나한테 왜 그렇게 잘해줬어. 왜 그렇게 다정했냐고. 왜 지키지도 못할 약속을 했어. 끝까지 무책임한 네가 너무너무 싫어. 내 인생에 깊숙이 들어와서 네 흔적을 이곳저곳 남기고 떠날 거면 애초에 내 앞에 왜 나타난 거야. 그 흔적을 어떻게 치우라고.

 헤어진 사람들이 나오는 연애 프로그램 같은 거 같이 볼 때, 우리는 저런 방송 나갈 일 없다는 말은 또 왜 한 거야. 네가 괜히 그런 말을 해서 그 말도 계속 생각나잖아. 마음 같아선 너를 다시 볼 수만 있다면 전 국민이 다 보는 TV 프로그램에라도 나가고 싶어.

 내가 너를 쉽게 잊었다고, 너라는 사람이 나한테 가벼운 사람이었다고 생각하진 않았으면 좋겠어. 나도 지금 너만큼 힘들고 너만큼 많이 울고 너만큼 많이 견디고 있다고. 그냥 네가 이 마음을 한 번이라도 알아줬으면 해서 전하지 못할 넋두리 좀 해봤어.

변해가는 사랑 그리고 사람

사랑이 가장 잔인할 때는 변해가는 상대의 모습을 목도할 때이다. 처음엔 모든 걸 다해줄 것처럼 내 숨소리마저도 신경을 썼던 사람이 이제는 그 숨소리도 듣기 싫어하는 모습이 보일 때, 그 순간의 기분은 말로 표현할 수 없다. 처참하다.

'어디서부터 잘못된 걸까' 모든 원인을 나에게서 찾게되고 그 원인을 찾는 과정에서 내 자존감은 더 깎이고 그 사람에게 더 매달리게 된다. 내가 조금만 더 노력하면 그 사람이 예전처럼 돌아오지는 않을까 하며 더 헌신하면서 최대한 낮은 자세로 그 사람을 마주한다. 사랑은 혼자하는 게 아니고 둘이 하는 건데도 나만 노력한다. 변해가는 그 사람을 다시 돌릴 수 있지 않을까 싶어서.

하지만 그건 큰 착각이었다. 내가 노력하면 할수록 그 사람에게 매달리고 매달릴수록 더 비참해졌다. 그 사람은 내가 하는 노력마저도 우습게 만들며 나를 더 귀찮아 했고 함부로 대했다.

처음 연애할 때는 누구나 바란다. 쳐다보는 것만으로도 닳을까 봐 아쉬운 이 사랑이 영원하기를. 그래서 결심한다. 매 순간 최선을 다해 사랑하고 상대를 아껴줌으로써 사랑을 지켜낼 거라고. 이것은 변해가는 너도, 변해가는 너를 지켜보는 나도 모두가 했던 생각이다.

그러나 이젠, 식은 네 마음이 내비치는 찬 기에 꿈도 결심도 색이 바랬다. 네 사랑은 날아가고 무거운 내 사랑만 남아 한없이 가라앉고 있다.

그래서 연애할 때는 언제나 더 사랑하는 사람이 약자가 된다. 그리고 약자인 사람은 대부분 섬세하게 상대의 모습을 눈에 담으며 변해가는 사랑을 느끼게 된다. '그토록 아름다웠던 사랑이 결국 변하는구나.', '그 많은 약속이 무색하구나.' 끊임없이 탄식이 흘러나온다. 이렇게 사랑에 심하게 덴 사람은 유독 다음 연애를 두려워하고 어려워한다.

누군가 환하게 웃으며 나에게 호감을 표현해도 '결국
이 사람도 똑같지 않을까. 다시 한번 그 상처와 고통을
받게 되지는 않을까.' 새로운 사랑을 시작하기도 전에 겁
부터 먹는다. 그래서 참 잔인한 것이다. 변해가는 사람과
사랑을 보는 것이.

싫어하는 말

예전부터 유독 싫어하는 말이 하나 있다.

이제 막 연애를 시작한 사실을 알리는 한 쌍의 연인에게
축하의 인사말로 "오래가"라고 말을 전하는 것.

내가 유별난 건지 모르겠지만 오래가라는 것은
끝이 연상되는 말이 아닌가.

"잘 어울린다, 축하해", "행복하길 바라"와 같은
멋진 말도 많은데.

잡생각

너는 요즘 어떻게 지내는지 궁금하다.

여전히 새벽 냄새가 날 무렵 잠에서 깨는지. 라면을 주식으로 먹는지. 외출하기 전에 날씨 예보를 확인하는지. 겨울에는 수면 양말을 신는지. 공포 영화는 아직도 무서워하는지. 여전히 우리의 순간이 담긴 노래를 즐겨 듣는지.

내가 아직도 네 생각을 하는 것처럼 너도 가끔은 내 생각을 하는지. 하루에도 몇 번이고 이끌리듯 눌러보는 앨범에 내가 아직 남아 있는지. 매일 밤 긴 그리움을 이불 삼아 덮는 나처럼 너도 여전히 나를 그리워하는지. 우리가 사랑했던 그 시절이 문득 널 두드리곤 하는지. 길을 걷다 나와 갔던 곳을 지나칠 때면 여전히, 또는 가끔은 내가 떠오르는지.

너에게 온 부재중

이상하게 유독 바쁜 날이었어. 업무를 비롯해 모든 일이 정신없이 몰아쳤던 날. 정말 그날은 그랬어, 일 년 중 손꼽는 날이랄까. 당연히 휴대전화를 확인할 틈도 없었지. 밥 먹을 시간도 없었으니까. 그렇게 해야 할 것들을 모두 마무리하고 휴대전화를 확인해 보니 익숙한 번호로 부재중이 찍혀 있더라. 그리고 그 익숙한 번호로 온 메시지도 함께.

"바쁜가 보네. 그냥 생각나서 전화했어. 잘 지내."

짧지만 네 말투와 감정이 묻어나는 메시지를 보는 순간 온몸이 굳는 느낌이었어. 자정이 넘어간 시간에 왔던 연락이어서 지레짐작할 수 있었지. 너도 지금 힘들구나. 친구들도 만나면서 즐겁게 잘 지내고 있는 거 같았는데 아니었구나. 너 또한 나와 똑같았구나.

자꾸만 쿵쾅대는 가슴을 간신히 진정시키고 너에게 전화를 걸었어. 오랜만에 듣는 너의 컬러링. 연애할 때는 전화를 걸 때면 컬러링 도입부를 다 듣기도 전에 네가 전화를 받아서 이 노래를 끝까지 듣는 일이 없었는데, 오늘은 이 노래 전체가 두 번이나 반복되고 나서야 네 목소리를 들을 수 있었어.

"여보세요."
"응. 전화 왔길래."

우린 그날 새벽에 정말 많은 이야기를 나눴어. 그냥 사람 사는 이야기들이지만. 최근에 겪었던 가장 큰 일부터 시시한 일들까지. 그리고 헤어지고 나서 서로가 느꼈던 감정들까지.

전화 통화를 하는 동안 아마 서로가 알고 있었을 거야. 이 전화가 종료되면 다시 이렇게 통화할 일은 없을 거라는 걸. 너도 그걸 아는지 대화하는 내내 목소리가 떨리는 게 느껴지더라. 얼마나 떨던지, 평소와 달리 미세한 떨림이 있는 네 목소리를 들으니까 당장 뛰어가서 너를 안고 싶더라. 하지만 그럴 수는 없었어. 지금 당장, 이 감정에 휩쓸려서 다시 너를 안게 되면 우린 결국 같은 이유로 또 상처받고 아파하게 될 테니까.

  그래서 너를 여전히 너무나 사랑하지만, 다시 돌아가지 못했어. 네 부재중 한 통에 그간 억눌렸던 것들이 쏟아져 나올 정도로 나는 네가 쉽게 무너뜨릴 수 있는 사람이니까. 또 지독하게 사랑하면서 상처받고 싶지 않으니까.

다른 사람 곁에서

네 곁에 다른 사람이 있는 모습을 가끔 상상해 본다.
나한테 웃어줬던 것처럼 그 사람한테도 똑같이 웃어줄까.

이젠 우리가 같이 하루를 보내며 사랑했던 시절의 기
억보단 네가 다른 사람과 함께 하는 상상이 내 머릿속
을 채운다.

아무 쓸모 없는 생각이고 그저 한낱 미련인 건 안다.
그저 네가 앞으로는 사랑 때문에
아프지 않았으면 좋겠다.

다른 사람 곁에서 네가 행복하다면
그 행복을 빌어주고 싶을 뿐이다.

텅 빈 집

서로에게 더는 안부를 묻지 못하는 사이가 된 우리. 네가 내 곁을 떠나고 저녁 늦게 집에 돌아왔을 때 나는 그 자리에서 눈물을 흘렸다. 어떻게 현관문 문고리를 본 순간부터 네 생각이 떠오를까. 너와 자주 드나들던 집이라 그런 걸까.

아프다고 했을 때 네가 현관문에 걸어놨던 약봉지가 떠올라서 울컥했고, 비 오는 날이면 어깨가 젖더라도 함께 쓰고 다니던 너의 작은 우산과 아무렇지 않게 벗어놨던 네 신발이 떠올라서 눈물이 흐르더라. 고개를 들어보니, 내 시선이 닿는 모든 곳. 내 집 구석구석에 너의 숨결과 흔적, 우리의 추억들로 가득했어. 내가 이곳에서 어떻게 너 없이 살아갈 수 있을까.

매일 먹고 자고 쉬는 안식처였던 이곳이 네가 떠나간 이후로 쓸모를 잃은 지 오래야. 나에게 쉼을 준 것은 공간이 아닌 너였음을 깨달았어.

늘 혼자였던 내 삶에 네가 잠깐 찾아왔다가 나간 것뿐인데, 나는 왜 그 잠깐의 시간 속에서 벗어나지 못하는 걸까. 왜 그 시간 속에 스스로 갇혀 있는 걸까. 너를 만나기 전의 내 삶으로 돌아온 것뿐인데.

네가 없는 텅 빈 집.
너의 모든 흔적과 추억이 나를 숨 막히게 만든다.

여운을 주는 사람

누구보다 뜨겁게 사랑을 하고 또 치열하게 이별의 과정을 건너오다 보면 자꾸만 기억 속에 맴도는, 내 마음속 깊이 자리 잡은 사람들이 보인다. 바로, 긴 여운을 주는 사람.

종종 사람들이 그런 말을 하지 않나. 잊을 수 없는 향수 같은 사람이 있다고. 길을 가다가 그 사람이 썼던 향수나 화장품의 냄새가 나면 그 향이 기억에 닿아 나도 모르게 뒤를 돌아보고 그 사람의 흔적을 찾으려 바빠지곤 한다고.

뒤를 돌아보게 하는 향, 문득 떠올라서 부르게 되는 노래, 엔딩 크레딧이 올라가도 자리를 떠날 수 없는 영화처럼 너는 내게 긴 여운을 주는 사람이었다.

여운의 명사 뜻은 이렇다더라. 떠난 사람이 남겨 놓은 좋은 영향. 네가 내게 남긴 좋은 영향은 어떨 땐 나를 웃게 했고 또 어떤 날은 나를 아프게 했으며 다른 어떤 날에는 나를 살아가게 했다.

기억 한 조각의 힘이 이렇게나 큰지 몰랐다. 너를 만나기 전까지는.

믿음이 깨진 사랑

연인 간의 신뢰는 사랑의 기한을 정한다. 연애할 때는 함께 붙어 있는 시간보다 떨어져 있는 시간이 상대적으로 많으므로 상대에게 믿음을 주고 나 또한 그 믿음을 지키는 것이 필수이며 그 작은 행동이 사랑을 지키는 것이라고 말해도 과언이 아니다.

그래서 작은 균열이라고 대수롭지 않게 여겨서는 안 된다. 한 번 믿음에 금이 가면 결국 그 금으로 인해 사랑이 와장창 깨져버리므로. 작은 금은 계속 시선이 가게 만들고 문득 또 생각나서 쓰다듬어 보다 상처 입게 만든다. 그리고 결국은 이별의 도화선이 된다. 그래서 연인 사이에서는 믿음을 저버리는 일이 없도록 특히나 더 경계하고 조심해야 하는 것이다.

상대가 내게 거짓말을 한 사실을 알게 될 때 우리는 공허, 배신, 분노, 실망 등의 감정을 느끼게 된다. 그리고 그러한 감정이 충격으로 다가와 나를 지키기 위해 더는 상대를 믿지 않게 된다. 원래 자신이 믿는 사람에게 받은 충격일수록 더 깊이 자리 잡는 법이니까.

그래서 한 번의 위기를 힘겹게 잘 넘어갔어도 결국은 똑같은 행동을 하는 사람과 그 사람을 믿지 못하게 된 사람은 또 같은 이유로 싸우게 된다. 자신의 실수를 인정하고 상대에게 잘하려고 노력해도 한 번 신뢰를 잃고 나면 처음 그 마음으로 되돌아갈 수는 없는 것이다.

그래서 믿음을 주는 것에 있어서는 인색하면 안 된다.
사랑할 땐 더더욱.

이제는
내가 주는 믿음만큼 받는 사랑을 하길 원한다.

서로에 대한 믿음이 깨진 사랑은
아무리 노력한다고 해도
이별의 유예기간을 계속 늘려가는 것일 뿐이니까.

너도 나처럼 아프길 바라

내가 보고 싶어도 내가 그리워도 나 없이 못 살겠다고 해도, 난 네 말에 흔들리지 않을 거야. 본인의 소홀함으로 그 사랑에 진심이었던 한 사람이 떠나갔는데, 뒤늦게 소중함을 느낀다며 돌아와달라고 하는 건 이기적인 마음이니까.

그러게, 있을 때 잘하지 그랬어. 이미 다 지나고 나서 후회하면 그게 무슨 소용이야.

너는 알까. 사귀는 내내 불안정한 사랑을 하며 네 마음을 살피느라 시간을 보냈던 내가 얼마나 비참했는지. 좋아하는 사람의 눈치를 보는 게 얼마나 고통스럽고 견디기 힘든지 너는 알까.

그러니 진심으로 바란다. 헤어지고 나서야 내가 소중

한 존재인 걸 알았다며, 네 사랑이 그립다며 청승맞게 울면서 전화하거나 매달리지 않기를. 네 사랑이 내 사랑보다 더 컸다고 착각하면서 영화 속 비련의 주인공 놀이를 하지 말기를.

네가 지난 시절의 좋은 기억을 꺼내면서 다정한 말을 늘어놓으면 내가 흔들려서 돌아올 거라고 착각하지 말기를.

네가 생각하는 것보다 내가 느낀 고통과 배신감은 이루 말할 수 없을 정도로 크니까, 이제 더는 내 인생에 기웃대지 않길 바란다. 후회스럽더라도 너를 만나기 전으로 시간을 되돌리는 것은 불가능하니까 우리 이제라도 각자 알아서 잘 살자. 서로에 대한 좋은 기억은 품고 나쁜 기억은 덮으면서.

자격 없는 사랑

밤에 너무 늦게 자면 피곤하다고 일찍 자라고 해줘야 하는데, 아침에 눈을 떴을 때 오늘 하루도 잘 보내라고 연락해야 하는데, 바쁘더라도 끼니는 꼭 챙기라고 전해야 하는데, 밖에 나갈 땐 항상 차 조심하라고 걱정해 줘야 하는데,

네가 보고 싶다고 하면 너 있는 곳으로 당장 달려가야 하는데, 네가 아픈 날엔 네 옆에서 간호해 줘야 하는데, 네가 우울하다고 하면 너를 웃겨 줘야 하는데, 축하받을 일이 생겼을 때 내가 가장 먼저 축하해 줘야 하는데,

고민 상담은 늘 나한테만 했던 네 옆에 있어 줘야 하는데, 네가 오늘 있었던 일 재잘재잘 말하는 것도 다 들어 줘야 하는데,

내가 다 해줘야 하는데, 네 옆에서.

큰 이별을 한 사람

내가 너를 두고 다시 누군가를 만날 수나 있을까. 큰 이별을 했다. 함께한 시간이 꽤 길었던 사람. 만나는 동안 그 감정이 깊었던 사람. 그 사람과 했던 사랑이 너무 강렬해서 쉽게 잊을 수 없는 사람.

그런 너와 헤어졌으니, 나에겐 고통스러울 정도로 큰 이별일 수밖에. 금방 털고 일어날 수 있는, 그 사람이 문득 생각나서 힘들지만 견딜 수 있는 이별이었다면 좋았을 텐데. 사랑할 때 행복했던 만큼 나는 네가 없는 빈자리가 너무 커, 모든 일상이 멈춰버리는 이별을 겪고 있다.

나는 너와 함께했던 시간을 부정하고 싶지 않다. 헤어졌다고 너에 대해 악담하고 싶지도 않다. 다투고 서운했던 기억도 있지만, 분명 좋았던 기억이 더 많고, 힘겨운

삶이지만 너와 함께하는 행복을 원동력 삼아 다시 살아
가곤 했었으니까.

  그래서 더욱, 사랑했던 감정을 쉽게 떠나보낼 수 없다.
너를 놓아주고 잊어가기엔 너라는 사람은 내게 너무 큰
존재였다. 너에게 닿을 수는 없겠지만, 지난 시절 다시금
나를 살아갈 수 있게 해줘서 고맙다는 말을 전하고 싶다.

  이젠 내 곁에 없는 너에게 푹 잠겨버린 지금.
  나는 큰 이별을 하고 있다.
  네 잔상이 흐릿해져 갈 즈음,
  다시 또 누군가를 힘껏 사랑하는 날이 오겠지만
  아직 나는 너를 놓을 용기가 안 난다.

  큰 이별을 하는 사람들은
  잘 지내는 것처럼 보여도 그렇지 않다.
  지난 추억의 힘으로 버티며
  그저 하루하루 살아가는 것뿐이다.

작은 바람

작은 바람이 하나 있다.

내가 네 생각을 하는 만큼 너도 날 떠올리면서 아파했으면 좋겠다. 평범한 일상을 보내다가도 네 생각이 덜컥 쏟아져 그 추억이 발끝에 걸려 넘어지곤 하는 나처럼 너의 삶도 나의 흔적으로 인해 잠시 멈췄으면 좋겠다. 새벽 내내 뒤척이면서 지난 우리의 사랑에 대한 후회와 미련을 동시에 가졌으면 좋겠다.

그래, 지금 나의 이 바람이 못된 생각인 거 나도 안다.
하지만 그렇게라도
내가 너에게 오래도록 남는 잔상이 되어
지워지지 않았으면 하는 마음에서 뱉는 말이다.

비겁하고 지질한 건 알지만,

나는 오늘도

이 작은 바람이 이뤄지기를 간절히 바란다.

너를 잊는 방법은 무엇일까.

사람을 잊는 방법이 있다면

누군가 알려주면 좋을 텐데.

2부

새로운
사랑을 위한
연습

사랑이 주는 아픔에 서툰 사람들

사랑. 나는 사랑이라는 단어를 들었을 때 행복이 넘치는 화사한 이미지만 떠오르는 것은 아니다. 어쩌면 사랑은 참 지독하다.

어떤 날에는 사랑 때문에 유치한 사람이 되기도 하고 또 어떤 날에는 질투심에 사로잡히기도 하고 또 어떤 날에는 서운함이라는 감정이 나를 집어삼키기도 한다. 그리고 대부분의 사랑은 그런 다양한 감정뿐 아니라 이별까지 포함하고 있다. 모든 연애에는 끝이 있고, 대부분은 백년가약을 맺는 결혼이 아닌 케케묵은 감정이 가져오는 이별로 귀결되지 않는가.

그래서 사랑이라는 감정은 마냥 아름답기만 한 감정은 아니다.

그 사랑의 결론 중, 이별을 겪을 때 유독 그 후유증이 오래가고 아픈 사람들이 있다.

바로 사랑이 주는 아픔에 서툰 사람들.

이런 사람들은 보통 정이 많고 열심히 사랑한다. 연애할 때 계산적인 사랑은 절대로 못 하고, 내 인생의 모든 장면에 사랑하는 사람을 넣으며, 그 사람에게만큼은 자신의 모든 것을 주어도 아깝지 않아 할 만큼 온 마음을 다해 사랑한다.

사랑의 아름다운 면은 노력으로 이뤄지는 것이지만 사랑의 이면에 있는 아픔, 원망, 서운함, 질투, 그리고 이별은 노력과 상관없이 사랑을 하면 언젠간 겪어야 하는 것이기 때문에 열정을 다해 사랑하는 이들의 이별은 더 아픈 법이다.

누군가를 아무리 좋아하더라도 내 마음의 나침반이 그 사람만을 향해 있더라도, 그 마음을 돌아보고 적당하게 사랑할 필요가 분명히 있었을 텐데, 이들에겐 그것이 말처럼 쉽지 않다.

그러니 이별의 아픔을 시간이 해결해 준다는 말도 그저 한낱 미사여구에 불과하다.

직전까지의 내용을 읽으며 내 이야기 같다고 공감되는 사람이라면 당신은 사랑이 주는 아픔에 서툰 사람일 수도 있다. 나쁜 건 아니다. 그저 정이 많은 성격 탓에, 상대를 진심으로 사랑했던 탓에, 이별이 더 아프고 그 후유증이 오래가고 종종 내 감정을 삼키느라 새벽이 괴로울 뿐이다.

다시 말해 누구보다도 진심으로 사랑했기 때문에 그 노력들이 무너지는 것 같은 사랑의 이면을 겪을 때 더 힘든 것이다.

그러니 힘든 것은 당연하게 여기고 자책하지 말자. 열렬한 사랑을 한 만큼 이별도 잘 해내야 하니까. 사랑할 때 모든 것을 쏟은 것처럼 헤어지고 나서도 그 감정에 충분히 집중해 보자. 의외로 어려운 문제일수록 내 감정이 요동치게 하는 것일수록, 피하지 않고 대면해야 더 빠르게 해결된다.

그 감정을 이겨내 보려고 새로운 취미를 만든다거나,

평소에는 잘 만나지 않던 친구까지 포함하여 수많은 약속을 잡는다거나 다른 무언가를 함으로써 외면하지 않았으면 한다.

그저 할 수 있는 만큼 충분히 아파하자. 조금은 겁이 나겠지만 몰아닥치는 감정들을 마주하여 건강히 이겨내 보자.

이렇게 잘 견뎌낸 당신은 언젠가 또 다른 누군가를 사랑하게 되어도 겁먹지 않고 그 전처럼 열렬히 그 사람을 사랑할 수 있을 것이다.

누구보다도 뜨겁게 사랑하기에
아픔에는 서툰
그렇지만 다시 사랑할 용기가 있는 당신을 응원한다.

을의 사랑

을의 사랑에 대하여.

사랑 주제로 대화를 나눌 때 빼놓을 수 없는 주제가 있다. 바로, 갑을관계. 사랑에도 분명히 갑을관계가 존재한다. 더 좋아하는 쪽이 을이 되어 언제나 갑을 기다린다. 따뜻한 말, 나를 향한 관심, 작은 배려 어떤 것이든 갑에게서 오는 사랑을 기다리는 것이다.

그래서 을의 사랑은 더 처절하고 애틋하다. 사랑이 담긴 행동의 조각 하나하나가 너무나도 소중해서 상대의 모든 걸 용서하고 이해하며 더 매달린다. 을의 사랑을 해본 사람은 알 것이다. 나에게 사랑보다 더 큰 것은 없어서 내가 서운하고 아픈 건 언제나 참는 게 최선이었다. 그렇게 내 마음을 조금도 돌보지 못하고 을의 사랑이라는 이유로 참아왔던 지난날이 얼마나 많았는가.

  그래서 이들은 다음 사랑이 유독 두렵다. 또 누군가를 좋아하게 되면 그 사랑의 소용돌이에 자처해서 들어갈 자기 모습이 너무도 빤히 보여서. 그토록 후회했지만, 또 사랑에 최선을 다하게 될 거 같아서. 물론 자신을 지키기 위해 두려운 마음이 드는 것은 당연하다. 그러나 한 가지는 꼭 말해주고 싶다. 을의 사랑은 잘못이 아니라는 걸.
  을의 사랑을 했을 당시 상대가 당신을 대했던 태도와 마음은 분명한 잘못이지만, 당신이 선택했던 을의 사랑은 절대 잘못이 아니다. 지난 사랑에 최선을 다하며 그 관계를 위해 모든 걸 쏟은 사람만이 미련과 후회가 없다. 연애가 끝나면 제대로 사랑한 당신은 미련이랄 것도 없지만 갑인 듯 가볍게 연애한 사람은 그제야 소용돌이치는 감정에 갇혀 을이 된다.
  그래서 언제나 후회를 남기지 않는 사랑을 하는 것이 가장 중요하다.

  이 사실이 당신에게 위로가 되었으면 좋겠다.

갑은 늘 이별한 후에

을의 사랑이 온 일상에 묻어있음을 보고

그제야 소중함과 빈자리를 느끼지만,

그래서 꽤 오랜 시간이 지나도 사랑을 끝내지 못하고

줄임표를 적곤 하지만,

제대로 사랑했던 을은 언제나

지난 사랑을 미련 없는 한 줄로 마무리한다.

갑이 나더라도

항상 최선을 다해 사랑하는 당신에게

이제는, 주는 만큼 돌아오는 사랑이 있기를 바란다.

말 한마디의 중요성

말이란 가장 강력한 힘을 가진 도구다. 특히 가까운 관계일수록 그 위력이 대단하다. 말 한마디로 사람을 저 높은 하늘까지 데려다 놓을 수도 있고, 끝없이 가라앉게 할 수도 있으니까.

연애 초기, 사랑의 시작이 주는 설렘과 풋풋함은 사라지고 익숙함이 무르익게 될 무렵, 언행이 달라지는 사람들이 있다. 아주 작은 부탁을 하더라도 청유형을 쓰던 사람이었는데 어느 날부터 명령조로 말하기 시작하더니 그 명령조에 더해 감정까지 들어간 날카로운 말을 하며 상대에게 상처를 주는 것이다. 이건 분명히 건강하지 못한 관계를 만든다.

사람은 어리석게도 자신의 곁에 머무르는 익숙한 사람

들과 사랑하는 사람에게 짜증을 자주 내는 등 쉽게 부정적인 감정을 내비친다. 완전히 남인 사람, 일회성 만남이 짙은 사람들에겐 완벽한 가면을 쓰고 아주 친절하게 대하면서도.

내 일상의 경계 안에 있는 사람들과 건강한 관계를 유지하고 싶다면 절대 익숙함을 함부로 대할 수 있는 권리로 착각하지 말자. 그런 권리는 세상 어디에도 없다. 나의 삶에 더 깊숙이 들어와 있는 사람일수록, 사랑하는 사람일수록 말과 행동에 특히 주의해야 한다.

그리고 말의 무게를 아는 사람을 곁에 두자. 자신의 말한마디로 연인의 기분을 좋게 만들 수도 있고, 연인의 기분을 완전히 망쳐버릴 수도 있다는 것을 아는 사람. 말한마디를 건네도 다정하게 건네는 사람. 아무리 화가 나더라도 감정을 조절할 줄 아는 사람. 자신의 기분이 상하더라도 밑바닥의 모습까지는 절대 보이지 않는 사람. 딱이 기준은 명확히 두고 곁에 둘 사람을 골랐으면 한다.

재회에 관하여

재회.

사전적 정의는 아주 간단하다.

두 재, 모일 회. '다시 만남.'

헤어진 연인과 재회하는 것에 대한 소회를 털어놓자면, 난 여전히 정답을 모르겠다. 아마 재회에 정답이란 없지 않을까.

지인들과 이야기하다 보면 절대 빼놓을 수 없는 주제가 연애인데, 간혹 재회에 관한 생각을 물어보는 사람들이 있다. 나는 그럴 때마다 말을 아끼는 편이다. "다시 만나라." "만나지 마라." 이렇게 툭 던지는 대답은 그들의 사랑의 무게를 가늠하지 못하는 3자의 입장에서 쉽게 뱉을 수 있는 무책임한 말이기에 대신 이렇게 대답한다.

"답은 네가 제일 잘 알 거 같아."

고민 상담을 하는 화자의 표정 말투 눈빛을 보면 밖으로 나온 말 뒤에 숨은 마음을 알 수 있다. 현재 재회를 간절히 원해서 하는 말인지, 자신도 확신이 안 서서 긴가민가한 상황인지. 그럴 땐 반대로 질문을 던져서 스스로 답을 찾게 해야 한다.

사람은 자신의 경험을 렌즈처럼 끼고 있어서, 어떤 주제가 됐건 내 경험을 기준으로 삼아 바라보곤 한다. 그래서 내 앞에서 고민을 털어놓는 사람의 경험도 내 것과 겹쳐 본 뒤 일반화하여 조언한다. 물론 도움이 될 수도 있지만 대부분의 경우 그것은 적절한 조언이 될 수 없다. 각자의 경험과 기억과 상황은 너무도 다르지 않은가.

그래서 재회는 특히나 쉽게 조언해서는 안되는 주제이다. 이미 한번 사랑해 본 사람과 다시 사랑하는 것. 이를 제대로 결정할 수 있는 사람은 온전히 경험해 본 당사자뿐이니까. 이별을 맞이하고 어느 정도 시간이 흘러 감정의 농도가 묽어지면 그 대신 사랑했던 사람에 대한 기억이 진해지면서 재회를 생각하게 된다. 사실 어떤 이유로 헤어졌건 재회를 생각해 보게 된다면 내가 가진 사랑은 아직 끝나지 않은 것이다.

그러니 격양된 감정이 가라앉은 그때 잠잠히 생각해 보자. 이별까지 오게 한 감정과 상처보다 그 사람의 존재가 내게 더 큰 것 같다면, 그냥 오래된 습관처럼 그 사람을 못 떨쳐 버려서 재회를 생각하는 것이 아니라 진정 그 사람이 내게 필요한 것 같다면 다시 한번 그 관계를 돌아보고 미래를 그리면 된다.

누가 뭐라 했던 결론적으로 당신의 마음이 재회를 바란다면, 까짓거 다시 한번 그 사람에게 최선을 다해보는 것도 방법이다. 설령 그 만남이 결실을 보지 못하더라도 마지막까지 할 수 있는 최선을 다 해봤으니 그 사랑에 있어 후회가 남는 일은 없지 않을까.

미련이 남게 하는 인연은 다시 사랑하는 것이든 더 확실한 이별을 맞이하는 것이든 나의 선택으로 제대로 매듭지을 필요가 있다. 그 누구도 아닌 나를 위해서.

마음이 떠난 사람을 붙잡는 것

연애를 하다 상대가 마음이 떠난 것이 느껴질 때 어떻게 하는가? 더 이상 관계에 진전이 없을 거라 판단해 조금은 슬프지만 먼저 이별을 이야기하는 사람도 있을 것이고, 그래도 그 사람을 너무 사랑해서 헤어지자는 말만은 듣지 않기 위해 더 노력하는 사람도 있을 것이다.

완전히 행복만 가득한 연애란 없지만 나는 적어도 사랑이 없는 연애는 지속하면 안 된다고 생각한다. 사랑이 없는 연애에 도대체 남은 게 무엇인가? 온갖 부정적인 감정들과 이미 마음 떠난 사람이 줄 상처들뿐이지 않은가. 그 사람이 내 일상에 없는 게 두려워서 붙잡곤 하지만 '그 사람'은 이미 떠났다.

나를 사랑했던 과거의 그 사람이 필요한 것이지, 나에게 아무렇지 않게 상처를 주면서 다른 곳을 보고 있는 그 사람이 필요한 것은 아닐 것이다.

　그러니 상대의 달라진 눈빛을 포착했다면, 나의 미래
에 그 사람이 있는 그림이 더 이상 그려지지 않는다면 내
마음도 빨리 정리하자. 사랑의 기한을 판단할 때는 과거
가 아닌 미래를 봐야 하니까. 계속 함께할 수 있는지, 함
께 하는 것이 서로에게 도움이 되는지가 가장 중요한 기
준이 되니까.

　헤어지면 당연히 아프겠지만 혼자 계속 사랑하는 것보
다 아프지는 않을 것이다. 마음이란 언제나 주는 만큼 채
워져야 나도 살 수 있는 법이다.

　마음이 떠난 사람은 애써 붙잡지 말자.
　세차게 흐르는 강물을 억지로 막아둬도
　결국엔 새어 나가기 마련이니까.
　더 심하게 나를 부수고 떠나갈 테니까.

후회와 미련에 대하여

 뜨겁게 사랑했던 시간이 속절없이 흐르고 헤어짐을 맞이했을 때, 연애를 마친 사람은 두 부류의 유형으로 나뉘게 된다. 미련이 없는 사람과 미련이 남은 사람. 연애 뒤에 미련이 없는 사람은 연애할 때만큼은 그 사람에게 정말 최선을 다해 후회가 없는 사람이다. 자신의 힘이 닿는 데까지 열렬히 그 사람을 사랑했고 오래 인내했던 사람이다. 이 관계에 있어서 더 이상의 노력은 할 수 없는 그런 사람.

 반대로 연애가 끝나고 미련이 가득한 사람도 있다. 조금 더 자주 연락하고 얼굴을 보러 갈걸, 사랑한다고 표현을 더 많이 할걸, 따뜻하고 다정한 말을 더 많이 해줄걸. 지난 시절을 떠올리면 떠올릴수록 상대에게 못 해준 것들이 자꾸만 생각나는 사람. 이들은 긴 밤을 후회로 채운다.

그러나 이미 흘러간 시간은 다시 돌아오지 않는다. 이별 후 내 모습을 과거의 내가 알았다면 후회를 남길 만한 행동은 하지 않았을 텐데. 그랬다면 미련도 없었을 텐데. 하지만 그런 생각들이 해결해 줄 수 있는 것은 아무것도 없다. 삶이란 다시 시작할 수 있는 게임이 아니니까.

　그러니 연애가 끝나도 후회가 남지 않도록 함께할 수 있을 때 최선을 다해 사랑하자. 상대가 주는 것들을 당연하게 생각지 말자. 사랑에 당연한 건 없다.
　나보다 상대를 더 생각하는 기적적인 행동이 이뤄지게 하는 것이 사랑이므로 상대의 다정함, 사랑, 배려, 인내를 당연하게 여기고 누려서는 안 된다. 상대의 사랑을 감사히 여기고 당신도 최선의 노력을 해야 당신이 모르는 새에 다가오던 이별이 뒷걸음질 치게 만들 수 있을 것이다.

　후회와 미련이 가득한 사람에게 전하고 싶다. 미련이 없는 상대가 차갑게 등을 돌리고 떠나가는 모습을 볼 때 당신에게 그 사람을 원망할 자격은 없다고. 그리움은 언제나 사랑에 아쉬움이 많은 사람 곁에 더 짙게 자리하는 법이라고.

의심을 대하는 자세

연인과는 내 모든 일상을 공유한다. 아침에 일어난 것부터 시작해, 밥은 뭘 먹었는지, 누구를 만났는지, 현재 무엇을 하고 있는지까지. 누가 시킨 것도 아니지만 만나지 않을 땐 세세히 내 일거수일투족을 나누기 바쁘다.

그렇게 연인의 생활 방식을 공유받는 것이 꽤 오랜 시간 쌓여가다 보면 지금 시각엔 연인이 무엇을 하고 있을지 대충 눈에 그려지게 된다.

사람은 자신의 궁금증이 어느 정도 해결되면 그것에 대한 집착과 갈증이 줄어든다. 혹 연인이 바빠서 연락이 안 되어도 지금 뭘 하고 있을지 예상이 간다면 서운함이 생기지 않는 것처럼. 연인이 어떻게 살아가는지 일상을 충분히 아는데도 온종일 보고해 주길 바라는 사람은 없을 것이다.

그래서 연애를 시작하고 나서 어느 정도 시간이 흐르면 대체로 이렇게 편안한 일상을 보내지만, 진짜 간혹 그렇지 않은 날도 있다.

어딘가 모르게 이상한 기분이 드는 날. 평소와는 다른 상대방의 행동과 급격히 줄어드는 연락. 아프면 아프다고, 일찍 자면 일찍 잔다고 말하고, 연락 못 할 바쁜 일이 있는 경우에도 짧은 전화 한 통은 꼭 했던 사람이었는데 그마저도 오지 않은 날.

의심은 연애의 독이 되는 걸 알기에 굳이 캐묻고 싶지 않아서 넘어가곤 했는데, 그런 날이 많아진다면 깊이 고민할 수밖에 없다. '내 상상이 진짜면 어쩌지?' 혼자 끙끙 앓는 시간이 길어질수록 내 정신은 피폐해져만 간다. 의심하고 싶지 않지만, 여전히 의심되는 그 사람의 행동이 나를 괴롭힌다.

이런 마음이 지속된다면 이 연애는 나에게 상처만 되는 것이다. 내가 상대를 배려하기 위해 의심이 가는 상황에서도 그 주제에 대한 말을 꺼내지 않는다면 계속 나만 지쳐가고 마음이 상할 수밖에 없다.

그러니, 연인을 너무 사랑해서 이 관계를 망치기 싫다는 이유로 의심이 가는 상황을 덮어두고 있다면, 당신에게 감히 전하고 싶다. 의심은 끝없는 내리막길을 구르는 눈덩이와 같다고. 해결하지 않는 이상 계속 커져 나를 더 힘들게 할 뿐이다. 정말 의심한 대로 문제가 있으면 바로잡으면 될 것이고, 내 머릿속 상상과 전혀 다른 것이었다면 오해해서 미안하다고 사과한 후 내 마음을 솔직하게 말하면 되는 것이다.

혼자 끙끙대면서 의심을 방치하지 말자.
감당하지 못할 눈덩이가 내 마음만 망가뜨리니까.
그것을 멈출 수 있는 건 나뿐이니까.

나를 누군가의 틀에 맞추지 않기

작은 화분에 뿌리 내린 향나무를 키워본 적이 있다. 원래는 사람보다도 크게 자라는 종류의 나무인데 작은 화분에서는 그 화분만큼이나 작은 나무로 자라더라. 환경이라는 것이 그렇게 중요하다.

그렇다면 자신이 원하는 틀 안에 상대를 가두는 사람과 사랑하게 된다면 어떨까. 나는 원래 뿌리도 굵고 가지도 많고 키가 큰 나무가 될 수 있는데도 그 사람의 틀에 들어가 뿌리를 잘라 내며 그 사람이 보기에 예쁜 모양으로만 자라게 되는 것이다.

사람마다 사랑하는 사람을 대하는 태도나 연애 방식이 다 다르다. 나의 연애 방식과 내가 표현하는 방법이 잘 맞는 사람과 연애를 한다면 그야말로 코드가 잘 맞아서 안정감이 드는 연애가 되겠지만, 반대로 나와 전혀 결이 달라서 내가 표현하는 사랑 방식이 상대에게 맞지 않는 다면 그 연애는 갈수록 삐걱거리고 위태로워지게 된다.

천생연분이란 말이 왜 있겠는가. 그냥 자기 모습대로 사랑해도 좋은 관계를 유지하는 경우가 있고, 둘 중 한 명은 꼭 상대의 틀 안에 들어가야 연애가 겨우 유지되는 경우도 있는 것이다.

그러니 아주 객관적으로 내가 잘못한 부분이 있다면 그건 고쳐야 하겠지만, 자기 입맛에 맞지 않게 행동한다는 이유로 내 모습이 마음에 안 든다는 이유로 핀잔을 주는 말은 귀담아듣지 말자. 그런 예의 없는 악담을 들은 후 자기 자신에게서 잘못된 점을 찾으면서 위축되지 않기를 당부한다.

그리고 사랑이라는 이유로 당신의 모습을 그 사람의 틀에 맞춰 바꾸려 하지 않았으면 한다. 당신이 억지로 몸을 구겨 넣지 않아도 되는, 당신에게 딱 맞는 사람은 분명히 있으니까. 당신이 당신의 모습대로 자라도 괜찮은 사랑이 있으니까.

힘든 사랑을 겨우 유지하다 이별을 겪었다면 그저
천생연분과는 거리가 먼
스쳐 가는 인연이었을 뿐이라고 생각하자.
그리고 당신의 모습대로 사랑하자.

누군가의 작은 나무로 남지 말고
아름드리나무가 되자.

착한 거짓말

세상엔 몇 가지 종류의 거짓말이 존재한다. 남에게 피해를 주기 위한 나쁜 거짓말, 진실을 들키지 않기 위한 거짓말, 나쁜 뜻은 없는 선의의 거짓말.

아마 대부분의 사람은 착한 거짓말을 가장 많이 하고 살아갈 것이다. 사회생활을 할 때도 많이 하지만 연애를 할 때는 특히나 상대에게 꽤 많은 착한 거짓말을 하게 되니까.

착한 거짓말. 물론 좋다. 선의를 담아 거짓을 말하는 것이 때론 진실을 전하는 것보다 나을 수도 있으니까. 하지만 연인 사이라면 선의의 거짓말조차 하지 않는 것이 좋다. 착한 거짓말이어도 언젠가 그 진실은 드러나기 마련이고, 본인은 좋은 뜻을 가지고 한 말이겠지만 그 진실을 받아들이는 것은 오롯이 상대의 몫이기 때문이다.

작은 거짓 하나라도 연인 간의 신뢰에 영향을 준다는 것을 간과해서는 안 된다. 신뢰란 마치 다시 본떠 만들 수 없는 열쇠 같아서 한번 망가지고 나면 마음 문을 다시 열기가 쉽지 않다.

결론적으로 말하면 솔직한 게 최고다. 작은 사실을 덮기 위해 만들어 내는 말만큼 불필요한 것도 없더라. 몇 번의 착한 거짓말은 사랑의 힘으로 눈감아줄 수도, 넘어갈 수도 있겠지만, 자꾸 반복되는 거짓말 앞에선 어떤 큰 사랑도 빛을 잃는다. 마음이 굳게 닫히게 된다.

옆에 있는 사람이 소중할수록 내 마음을 솔직하게 보여주자. 흔들리지 않는 단단한 사랑, 깊은 사랑의 첫 번째 발판은 신뢰니까.

이성 문제

서로 다른 두 사람이 만나 호감을 느끼고 연애를 하게되는 건 사실 기적 같은 일이다. 그렇게 시작된 연애는 좋은 감정뿐 아니라 다른 어떤 인간관계에서도 느낄 수 없는 나쁜 감정들까지도 포함하고 있으므로 그런 모든 고통을 이겨내고 마음을 이어가는 사랑의 유지란 더 기적이라 할 수 있다.

하지만 이런 사랑의 기적을 철저히 짓밟고 무너뜨리는 문제가 있다. 바로 이성 문제다. 나는 이 문제에 한해서는 철저한 기준이 있어야 한다고 본다. 상대가 단 한 번이라도 이성 문제를 일으켜서 내게 상처를 줬다면 용서하고 사랑을 이어 나가는 일은 없어야 한다.

생각해 봐라. 나와 교제하는 상대가 다른 이성에게 마음을 주는 행동이 나를 얼마나 비참하게 만드는지. 그 사람과 연애를 이어가는 게 얼마나 의미가 없는 일인지. 사랑은 '둘'이라는 전제 안에서만 유지할 수 있다. 문제를 해결하고, 용서하고, 이해하는 모든 과정이 둘 사이의 문제일 때 의미가 있는 것이다. 제삼자가 둘의 사랑으로 들어와 버리면 안 된다는 거다.

당신이 현재 상대의 이성 문제를 용서할지 말지 고민하고 있다면 진지하게 생각해 보자. 많은 사람 앞에서 평생의 사랑을 약속했는데도 상대의 바람으로 이혼을 선택하는 사람들이 왜 생겨나는지.

그것은 이성 문제가 사랑의 힘으로 눈감아줄 수 있는 부분이 아니어서 그런 것이다. 한 번 이성 문제를 일으킨 사람은 반드시 똑같은 이유로 더 큰 상처를 준다. 일반적인 사고방식을 가진 사람이 아닌 것이다. 그러니 이 문제만큼은 사랑 안에서 일어나는 다른 문제들과는 지극히 별개라는 것을 잊지 말자. 절대 용서해서는 안 되는 행동이다.

마음의 여유

다시 누군가를 사랑하더라도 그 사람이 너의 전부가 되는 사랑은 하지 않았으면 해. 원래 성격이 한 번 사랑에 빠지면 헌신을 마다하지 않고 상대에게 올인하는 스타일이어도 말이야. 사랑하는 연인끼리도 적당한 마음의 거리를 유지해야 그 연애가 더 건강한 법이거든.

상대와 내가 하나인 것처럼 사랑하면, 함께할 때는 행복하지만 서로가 부재할 때는 어떤 것도 제대로 할 수 없게 돼. 그 사람을 마음에 채우고도 남는 여유 공간이 있어야 내 삶도 연애도 잘 되는 거더라.

좋은 사람의 기준

좋은 사람의 기준이란 뭘까?

연애를 시작하고 사랑하는 마음이 커지면 그 사람과 연락을 하거나 함께 있는 시간이 늘어 서로 주고받는 영향이 많아지게 된다. 그리고 연인은 사랑을 기반으로 맺어진 관계이기 때문에 서로의 모습을 받아들이는 것이 더 빨라서 서로에게 물들기가 너무도 쉽다. 그래서 연애할 때는 누구를 만나느냐가 참 중요하다.

그 사람에게 물든 내가 괜찮다고 느껴질 때, 이 사람과 함께 해서 내가 더 빛나는 사람이 된 것 같을 때, 연애의 만족도는 더 높아진다.

말을 예쁘게 하는 사람을 만나면 알게 모르게 나 또한 말을 예쁘게 하려고 노력하게 되고, 여행을 자주 다니지 않던 사람이 여행이 취미인 사람을 만나면 새로운 곳에서 신선한 경험을 쌓으면서 여행의 매력을 느끼게 되며, 가을은 왠지 쓸쓸하다며 좋아하지 않았던 사람이 단풍이 필 때 산행을 즐기는 사람과 함께하면 어느새 가을이라는 계절을 쓸쓸하게 느끼지 않게 된다.

이와 같은 이유로 내가 생각하는 '좋은 사람'은, 내가 몰랐던 인생의 멋진 장면을 발견하게 해주고, 그 사람에게 물드는 나 자신이 썩 괜찮다고 느껴지게 해주는 사람이다.

모든 연인 관계가 이렇게 이상적이고 좋은 영향만 주고받는다면 얼마나 좋을까. 실상은 그렇지 않은 연애가 대부분이다. 사랑한다는 이유로 상대에게 얼마나 많은 상처를 받았고, 또 얼마나 많은 상처를 주었는가. 무조건 상대 탓만 할 게 아니라 나 또한 분명히 연애할 때 미숙했던 부분이 있었다는 것을 인정하게 될 때 좋은 사람이 되는 첫 단추를 끼울 수 있다.

당신의 지난 연애가 어땠는지 난 모른다.

하지만 연애할 때

상대방에게 좋은 사람이 되고 싶은 마음에,

그 기준에 관심을 두고 오랫동안 생각해 본 것만으로도

이미 당신은 좋은 사람이라 말하고 싶다.

사랑을 구걸하는 것

그 사람이 내 하루를 궁금해하면, 나 또한 오늘 그 사람의 하루를 궁금해하는 것. 그 사람이 나를 보러 와줬다면 어떤 날은 내가 먼저 그 사람을 보러 가는 것. 나의 슬픔을 알아차리고 위로해 준다면 나도 그 사람에게 슬픔이 찾아온 날을 알아차리고 같이 있어 주는 것, 사랑 표현을 받으면 고마워하며 몇 배로 돌려주는 것. 나는 이처럼 상대와 마음을 '주고받는' 것을 사랑이라고 부르고 싶다. 누군가를 진심으로 사랑하면 그 사람에게 받은 만큼 나도 잘해주고 싶은 마음이 드는 게 당연하니까.

그래서 간혹가다 일방적으로 주기만 하고 준 만큼 돌아오지 않아서 서운함을 느끼는 사람을 보면, 정말 마음이 아프다.

사랑을 구걸하게 만든다면 그것은 결코 진짜 사랑이라 할 수 없다. 내가 가진 모든 것보다 그 사람이 더 소중해서 무엇을 주더라도 아깝지 않은 것이 사랑 아닌가.

그래서 우리는 사랑할 때 내가 그 사람을 가장 소중히 여기는 만큼 내가 받은 사랑이 일정 수치 이상은 되어야 마음이 다치지 않는다. 감정을 준 만큼 받아서 다시 그 비어버린 공간에 채워 넣어야 닳지 않는 것이다.

그렇게 사랑을 받은 사람이 당연히 줘야 하는 걸 애써서 받아내는 자신을 볼 때면 초라하기 짝이 없다.

힘든 연애를 이어갔던 경험을 떠올려 보면, 다 어느 한쪽만 감정이 고갈될 정도로 건네준 탓에 연애를 지속하는 게 힘들었다는 것을 알 수 있다. 그리고 사랑을 주기만 하는 사람이 얼마나 속앓이를 하는지도.

언젠가 새 사랑이 찾아온다면 서로 건네는 마음의 크기를 어느 정도 맞췄으면 좋겠다. 사랑도 속도가 맞아야 하니까. 그래야 내가 다 닳은 마음을 보며 아파하는 일도 없을 테니까.

대화의 중요성

가장 이상적인 연인은 대화 방식이 잘 맞는 사람이 아닐까 싶다. 인생을 살다 보면 대화가 잘 통하는 게 정말 중요하다는 사실을 자주 깨닫게 된다.

아무리 친했던 친구 사이여도 어느 순간부터 대화가 잘 안되고 말할 때마다 핀트가 나가는 일이 생긴다면 일주일에 한 번은 꼭 만났던 사이였어도 한 달에 한 번, 일 년에 한 번 보는 사이가 된다.

연애할 때도 마찬가지다. 내 말에 귀를 기울여 주고 공감해 주는 사람, 내가 꺼내는 대화 주제에 관심이 있는 사람과 연애한다면 그 연애의 만족도는 무척이나 높다.

내가 무슨 말만 하면 예민하게 받아들이거나 심드렁해서 대화가 단절되는 사람이 있는 반면에, 내가 어떤 말을 하든지 눈을 맞추고 적당한 반응을 하면서 관심을 표해서 대화가 잘 이어지게 하는 사람이 있다. 이들과 대화하는 일은 언제나 즐겁다. 대화하는 시간이 즐거우므로 그 사람을 더 찾게 되고 함께하는 시간이 늘어갈수록 애정 또한 깊어지게 된다.

연인이 이렇게 대화를 잘 이어가는 사람이라면 나와 대화의 속도가 잘 맞는다면, 어떤 일이 있든지 연인에게 먼저 이야기를 하게 된다. 가벼운 것부터 무거운 주제까지.

대화의 밀도가 이렇게나 중요하다. 이 사람이 나와의 대화를 소중히 생각하고, 내 말을 진지하게 들어줄 거라는 확신이 있으면, 모든 이야기를 말로 꺼내지 않더라도 그 사람이 내 곁에 있다는 것만으로 이미 말한 것 같은 편안함과 안정감이 들곤 하니까.

그래서 마음이 열려 있고, 무슨 일이든 웬만하면 대화로 잘 풀어가려고 하는 사람을 만나야 한다. 그리고 그 전에 내가 먼저 상대와 대화를 할 준비가 되어 있는 사람이어야 한다.

만약 당신이 기적적으로 대화를 잘하는 사람을 만나 연애하게 되었다고 치자. 그런 사람을 만났더라도 앞으로 연인 간의 대화가 건강하게 이어지기 위해서는 나의 대화 태도도 바람직해야 하지 않겠는가. 대화란, 마주 대하여 이야기를 주고받는 것을 말하니까. 이야기를 주고받기 위해선 나도 마찬가지로 마음을 열고, 상대의 말을 경청할 준비가 되어 있어야 하는 것이다.

대화가 잘 통했던 사람은 인연이 다해 헤어지더라도 오랫동안 기억에 남는다. 그만큼 대화를 통해 얻는 행복과 기쁨은 강렬하다. 그러니 연인과 깊은 대화를 자주 할 수 있는 건강한 연애를 하고 싶다면 나부터 대화할 준비가 갖춰진 사람이 되자.

다툼에 관하여

연인 간 다툼에 관한 말을 하기에 앞서, 이 말을 먼저 전하고 싶다.

나와 같은 사람은 어디에도 없다. 잡초도 완전히 같은 모양으로 자라지 않고, 한 나무에서 자라는 열매도 다 다른 모양으로 맺히는데 사람은 오죽할까. 각자가 지닌 수많은 역사 중 그 무엇 하나 완전히 같은 사람이 없는데. 전 세계 인구수가 81억 명에 달하지만 나는 확신한다. 나와 똑같은 사람은 단 한 명도 없을 거라고.

그러므로 사람 사이에 건강한 관계가 형성되려면 이렇게 개성이 뚜렷한 사람들이 만났음에도 서로를 이해하고 어느 부분은 꼭 양보를 해야 한다. 사실 내 일상의 극히 일부만 공유하는 관계라면 그것이 어렵진 않다.

그러나 사랑은 어떤가? 나의 아주 많은 부분을 공유하다 못해 너무도 친밀하여 그 사람과 내가 하나인 것처럼 믿게 하는 것이 사랑이 가진 특징 아닌가. 그래서 사랑에서 건강한 관계를 유지하는 것은 더더욱 어렵다. 내 모든 것을 알아줬으면 하는 마음. 말하지 않아도 우린 비슷한 생각을 하고 있을 거라는 착각. 그것이 서운함, 혹은 분노가 되어 다툼을 만든다.

사랑하는 연인이고 많은 시간을 함께했다 하더라도 서로가 없이 살아온 세월의 역사가 그리도 긴데 어떻게 상황마다 같은 마음, 같은 생각을 할 수 있을까. 어떻게 말하지 않아도 상대의 마음을 꿰뚫어 볼 수 있을까. 연인 간의 다툼이란 그래서 더 예상치 못한 순간에 서운함을 원인으로 자주 터져 나오곤 한다.

그러나 사랑하는 사이에서의 다툼이 나쁜 것은 아니다. 깊은 감정과 많은 시간을 교류하는 사이기 때문에 더더욱 건강하게 다투는 것이 필요하다. 둘의 미래는 생각지 않고 당장 내 분을 풀기 위한 다툼을 하는 것이 아니라 갈등이 해결되고 난 후의 우리를 생각하는 다툼이라면 감정이 풀리고 문제가 해결된 이후에는 더 깊은 사랑으로 가게 된다.

그러니 다투기 전에는 항상, 이 갈등을 건강한 관계를 유지하고 더 나은 사랑을 하기 위한 발판으로 삼아야 한다는 걸 인지하도록 하자. 지나 보면 언제나 싸운 이유는 기억이 잘 나지 않는다. 상처받았던 말이 마음에 남을 뿐이지. 한순간의 분풀이를 위한 말로 사랑을 망치지 말자.

더 나은 사랑으로 갈 것인지, 더 망가질 것인지는 당신이 싸움을 대하는 태도에 달렸다.

바람 같은 사랑

누구에게라도 욱여넣은 이 감정을 툭 털어놓고 싶은 날. 이별 후에 남은 상처가 나를 덮어버리는 날이었다. 네가 사는 곳, 네가 좋아하는 식당, 네가 자주 가는 카페, 네가 가장 오래 머무르는 곳. 손만 뻗으면 닿을 거리에 있지만, 몇 발짝만 움직이면 네가 있는 세계에 들어갈 수 있지만 그럴 수 없는 현실.

사랑 때문에 힘든 건 약도 없더라. 할 수 있는 것이 없어 삐져나오는 감정을 삼키는 대신 한숨을 뱉었다.

이별이 끈덕지게 달라붙어 날 삐걱거리게 한 지 벌써 몇 주가 흐르자 그런 생각이 들었다. 인연이란 내 힘으로 거스를 수 없는 거센 흐름 안에서 만들어지는 거라고.

어쩌면 사랑은 바람과도 같은 거라고. 바람은 언제나 한 방향을 향해 가고 한번 지나쳤던 곳은 돌아오지 않으니까. 어쩌다 손을 잡고 유유히 함께 떠다니던 우리가 서로를 놓친 후에는 당연히 각자의 방향대로 흘러갈 수밖에 없지 않은가.

그래서 나는 너를 적당한 계절에 날 지나쳐 간 바람이라고 생각하기로 했다.

네가 그 옛날 나에게 불어온 것처럼
어느 좋은 날, 웅크린 꽃망울을 터뜨릴 듯이 강렬하게,
조금은 간지럽게
다음 바람이 불어오겠지.

그러니 조금만 아프고 조금만 속상해하자.
나를 싣고 갈 새로운 바람이 곧 불어올 테니까.

이별 뒤에 남는 것들

이별 뒤에 남는 것은 무엇일까. 한참을 생각했다. 아픔, 슬픔, 후회, 미련, 공허, 우울, 그리움. 안 좋은 감정을 느끼려면 끝도 없이 느낄 수 있는 사건이 바로 '이별' 아닌가. 이와 같은 이유로 이별할 땐 건강하게 헤어지는 것이 중요하다. 찰나의 부정적인 생각이 나를 집어삼킬 수 있으므로.

그렇다면 건강하게 헤어진다는 것은 뭘까.
부정적인 것들은 최대한 뒤로 한 채 이별 뒤에 남는 것이 뭐가 있는지 생각해 봤다.

우선 '그 사람이 없는 내가' 남아 있었다. '우리'로 묶였던 관계는 끝났으며 이젠 만날 일이 없다는 것을 인정해야 했다. 연애 끝에 내가 상처받지 않고 건강하게 감정을 해소하기 위해서는 제일 먼저 쓸모없는 미련을 버리고 나 혼자 남았다는 사실을 인지해야 했다.

그 후에는 연애 이전과 이후를 비교하며 내가 얻은 것과 좋게 변화한 나의 모습이 있는지 생각해 봤다. 나와 완전히 다른 한 사람을 만나는 동안 나는 다른 사람의 삶의 방식을 이해하고 배려하는 경험을 해봤고, 그 이해와 배려를 하는 과정에서 하나의 인격체로서 성장했다.

다른 사람의 역사를 이해하고 나의 꽤 많은 부분을 그 사람의 리듬에 맞추는 것은 대단한 노력이 들어가는 멋진 일이자, 사랑이 아니면 어떤 관계에서도 해보지 못할 소중한 경험이다.

"그래, 과거의 나보다 더 많은 것을 느끼고 경험하면서 더 나은 사람이 된 건 확실해."

우리는 사랑한 시간만큼 성장한다. 연애 뒤에 정말 죽을 만큼 힘들어서 사랑했던 시간을 모두 부정하고 싶고 이별 뒤에 남는 것이 아무것도 없다는 생각이 들 땐 철저하게 그 생각을 끊어내는 연습을 하자. 지난 연애를 떠올리면 배운 것과 얻은 것이 너무도 많다는 걸 알게 될 것이다.

　이별이 주는 부정적인 감정들에 눌려 한없이 가라앉고 있다면, 끝을 맺은 이 사랑이 나를 더 나은 사람으로 만들었다고, 나에게 꼭 필요한 시간이었다고 생각했으면 좋겠다. 이별 뒤 내게 남은 것들이 내 인생의 뿌리를 튼튼히 할 중요한 밑거름이 될 테니까.

미련이라는 독

전부였다고 여겼던 사람과 헤어지면 그 마음이 오죽할까. 그 사람이 머물렀던 내 마음은 이제 주인 없는 빈방이라는 생각에 가시에 찔리는 것처럼 가슴이 저릿하겠지. 이별하는 순간에 대화로 잘 마무리했어도 아름다운 이별이란 결코 있을 수가 없다. 후련한 사람도 분명히 있겠지만, 대부분은 그저 이별까지 온 나의 상황이 슬플 뿐이다.

특히나 그 사람과 헤어지기 싫은데 마음이 식어가는 게 보여서, 그 사람을 위해서 끝을 선택한 사람일수록 이별이 버겁고 더 많은 미련을 갖게 된다.

사람 마음 한편에 미련이 한 번 생기기 시작하면 평범했던 삶은 파괴되어 버린다. 하루에도 수십 번씩 아무런 구명 장치도 없이 그 사람이 가득한 미련의 바다에 빠져

허우적거리게 되는 것이다.

밥을 먹어도, 길을 걸어도, 노래를 듣고 있어도, 일을 하거나 공부를 하고 있어도, 사람을 만나도 지친 몸을 이끌고 잠자리에 누워도 미련이라는 작은 불씨는 꺼지지 않는다. 내 일상 모든 순간에 그 작은 불씨를 끄지 못해 계속 화상을 입는다.

이 미련이라는 감정을 빠르게 제압하고 그 불씨를 완벽히 소화하는 방법. 세상에 그런 건 어디에도 없더라. 지극히 개인적이고 비밀스러우면서 내 삶의 색을 바꾸어 버리는 이 감정을 멈춤 버튼 하나 누름으로써 사라지게 할 수만 있다면 얼마나 좋을까.

내가 당신에게 하나 분명하게 말할 수 있는 것은 어떠한 이유를 대며 포장하더라도 헤어진 사람에게 미련을 갖는 것만큼 자신에게 치명적인 독은 없다는 것이다.

이미 내게 애정이 식어버린 사람, 매몰차게 돌아서 버린 사람에게 구태여 매달리는 것은 마치 깨진 찻잔의 조각을 테이프로 붙이려고 하는 것과 같다.

그래, 깨진 조각을 테이프로 잘 붙였다고 치자. 하지만 그 형태는 어설프기 짝이 없고 조악하며 제 기능도 못 한다. 날카로운 파편에 손이 베이고 찔려가면서 애지중지 만들었던 그 찻잔에 설령 물이라도 붓는다면 그 물은 이곳저곳에서 새어 나가게 될 것이다. 겉모습은 그럴싸해 보여도 이미 찻잔의 본질은 상실한 것이다.

그래서 이미 끝난 관계에는 미련을 둘 필요가 없다고 단호히 말하고 싶다. 애당초 헤어지지 않을 평생의 인연이었다면 이런저런 이유가 돌다리가 되어 이별까지 건너올 일도 없었을 테니까.

한 사람과 헤어지는 일에 아프지 않은 방법은 없다. 그 사람을 사랑했고 함께한 시간이 소중했던 만큼 힘들고 아픈 게 당연하다.

내 감정이 주체가 안 돼서 눈물이 차오른다면 슬픈 만큼 울어도 된다. 남 눈치 볼 필요 없이 나만 있는 공간이라면 베개에 파묻혀 악을 쓰고 소리를 질러도 된다. 대신, 그 감정과 미련을 소화하기 위한 행동만 본인에게 허락하자. 절대로 자기 자신에게 이별의 원인이 있다고 생각하거나 끝난 관계를 되돌리려고 하지는 말자. 미련이라는 독을 삼키며 조각난 사랑을 이어 붙여도 나만 더 아플 뿐이다.

그저 지난 사랑은 내 인생의 한 시절에 필요한 역할을 다했기 때문에 저무는 것이라고 생각했으면 좋겠다.

사랑의 끝자락을 조심히,

그러나 단호하게 건너가길 바란다.

긴 새벽 너무 아파하지 않으면서.

아픈 만큼 울어도 된다

아주 깊은 사랑이 끝나면 발이 땅에 붙어 있어도 둥둥 뜬 것 같아 허우적거리게 되는 지독한 상실감을 겪는다. 그 사람이 나의 쉼이고 안식처였는데, 그 존재가 사라진 이후 남겨진 내 마음의 방황은 멈출 기미가 보이지 않는다. 그냥 흔한 연애가 하나 끝났다고 생각하기엔 개벽할 듯이 무섭게 퍼붓는 감정과 멍한 기분이 떨쳐지지 않는다. 내 과거, 현재, 미래까지 그 사람이 다 가져가 전부를 잃은 것 같다.

이별의 상실감을 어떤 말로 더 설명할 수 있을까.

아주 조심스럽지만 그런 이별의 아픔을 해소하는 방법에 대해 전하고 싶다. 일단은 그 무엇도 하지 말고 슬픔과 대면하자. 세상에 슬픔과 나 둘만 있는 것처럼. 충분히 아파서 감정이 동나야 다른 것이 내 속에 들어올 여지가 생긴다.

이제 내 곁에 없는 이를 생각하느라 밤에 제때 잠도 못자고, 맛있는 밥을 먹어도 맛있지 않고, 친한 친구를 만나도 재미가 없는데 사실 뭘 더 할 수 있겠는가. 그래서 이별의 아픔을 해소하기 위해 가장 처음 해야 하는 행동은 간단명료하다. 그저 슬퍼하는 것.

무언가를 할 힘이 없다는 것 말고도 우리가 충분히 슬퍼해야 하는 이유는 또 있다. 바로 눈물이 사람을 치유하기 때문이다. 우는 것은 감정을 밖으로 쏟아내는 행동이어서 무엇보다도 효과적인 치유 방법이다.

그런데 우리는 어른이 되고 나서는 감정을 억제하는 연습을 많이 해와서 그런 건지, 우는 것이 어른답지 못하다고 생각해서 그런 건지 눈물을 잘 보이지 않는다. 아무도 없는 곳에서조차 눈물을 흘리지 않는 사람들이 참 많다.

그러나 슬퍼서 우는 것은 부끄러운 일도 전혀 아닐뿐더러 가장 빨리 감정을 흘려보낼 수 있는 방법이라는 걸 기억해야 한다. 아픈 만큼 울어도 된다. 이 세상이 만들어질 때부터 눈물은 치유의 도구였으니까. 이별은 누구에게나 슬픈 것이 당연하니 울고 싶은 마음이 든다고 자신을 나무라지 말자. 내 감정을 인정해야 슬픔이 오래가지 않는다.

눈물은 감정을 외면하는 사람에게는 찾아오지 않는다.
대면하는 용기를 가지고
마음껏 흘려보내자.
슬픔이 고갈된 그 자리를 곧
웃음과 행복이 채우게 될 것을 기대하며.

기억의 왜곡

가끔 이런 사람들이 있다. 다시는 안 볼 것처럼 대판 싸우고 헤어졌는데, 요즘 들어 그 시절이 자꾸만 생각나고 그립다고 말하는 사람.

그렇게 그리워할 거면서 헤어지게 될 만큼 싸운 이유가 무엇인지, 그렇게 다툼이 잦았던 순간이었는데도 다시 돌아가고 싶은 게 맞는 것인지 그들에게 물으면 대답하는 게 다 비슷하다. "그냥, 그때는 지금이랑 아주 달랐으니까. 지금의 내가 다시 그 사람을 만나면 다른 결과가 생기지 않을까 해서…."

이렇게 말한 지인이 과거 연인과 미친 듯이 싸우던 시절에 내게 연애 상담을 했던 기억이 있다. 그 사람이 너무 싫다고, 진짜 화가 난다고, 헤어질 거라고. 어렴풋이 떠오르는 격앙됐던 지인의 목소리. 연애는 결국 당사자가 마음 내키는 대로 해야 하는 것을 너무나 잘 알기에, 그냥 너 하고 싶은 대로 하라면서 다독였던 거 같다. 그리고 지인은 며칠 안 가 이별을 선택했었고.

그랬던 사람이 지금에서야 과거 애인이 그립다, 그 시절로 돌아가고 싶다고 말하다니. 이제 와서 왜 그렇게까지 그리워하는지 잘 모르겠지만 하나는 분명했다. 기억이 왜곡되었다는 것.

사람의 기억은 왜곡되기가 참 쉽다. 기억이 왜곡되는 이유에는 여러 가지가 있겠지만, 시간의 흐름에 따른 나의 정서적 변화가 가장 큰 이유가 된다.

시간이 많이 흐른 상태에서는, 그때 느꼈던 거센 감정들이 지금 내 감정들과 희석되어 옅어진다. 그래서 분노나 증오 또한 작아지게 되어 그 감정들에 가려졌던 지난 시절에 대한 그리움, 좋았던 순간들, 못 해줬던 것들이 불쑥 떠오르는 것이다.

아픈 이별이었는데도 시간이 흘러 당신의 마음이 흔들리는 날이 온다면, 부디 기억 왜곡에 걸려 넘어지지 않았으면 한다. 원래 나빴던 순간보다 좋았던 순간들이 내 마음속에 더 오래 은은히 머무른다. 그래서 무섭다. 짧고 강렬한 감정은 시간만 지나면 해결되지만, 은은한 기억은 불쑥 튀어나와 나를 그 순간에 살게 하니까.

그럼에도 추억은 추억으로만 남겨두자. 과거에 머무르기보단 새롭게 찾아올 사랑을 위해 준비하자. 시간이 지나고 성숙해진 만큼 더 성숙한 사랑이 우리를 기다리고 있으니까.

내려놓는 연습

외로움이 많은 사람은 언제나 최선을 다해 사랑하고, 사랑을 갈망한다. 나도 그랬다.

그래서 연애할 때면 언제나 상대에게 고르고 골라낸 예쁜 마음들만 주면서 정성을 다했다. 상대도 잘 떠올리지 못할 정도로 가볍게 했던 말을 기억해 뒀다가 감동을 준다거나, 특별한 날이 아닌데도 그 사람이 좋아할 만한 선물을 준비해 이벤트를 하곤 했다. 외로움을 많이 느끼는 사람은 원래 주변 사람들에게도 잘하는 편인데, 사랑하는 사람에게는 오죽할까. 그 사람을 위해 무엇인들 못 해줄까.

하지만 사랑하는 만큼, 신경을 많이 쓰는 만큼, 서운함은 배가 되어 나에게 돌아오더라. 그런 일이 반복될수록

'왜?'라는 의문과 함께 불평이 겹겹이 쌓여 내 마음만 피폐해졌다. 대가를 바라고 그 사람에게 최선을 다한 건 아니었지만, 그 사람이 내게 하는 행동들이 내가 생각하는 기준점에 다다르지 못했을 때 너무도 큰 실망을 하게 되었다.

난 그냥 나만큼의 사랑을 바랐을 뿐인데.

상대의 세세한 모습, 작은 행동까지도 눈에 담는 섬세한 사람은 이처럼 늘 소리 없는 슬픔을 안고 사랑을 한다. 실망감을 느끼는 내가 싫어도 어쩌나. 내 사랑이 그렇게 큰 것을.

그러나 상대에게 실망할수록 마음만 병들고 곪기에, 이들에게는 기대감을 내려놓는 연습이 꼭 필요하다. 내려놓게 되면 내 서운함에 가려진 그 사람의 작은 노력들이 다시 보이게 되고, 내가 놓친 사랑을 발견할 수 있게 되니까.

그러니, 기대와 서운함은 내려놓자.
수많은 모래 사이에서 예쁜 조개껍데기를 찾듯이

나를 위하는 상대의 마음을 봐주고 수집해 간다면

더 많은 순간의 행복이 나를 덮는 것을 느끼게 될 것이다.

외로움 해소하기

사람이라면 누구나 어떤 사건이 있어서든 아무 일 없어서든 외로운 순간이 생긴다. 이유가 있을 때면 이유를 없애면 되지만, 이유조차 모르고 어디선가 흘러와 나를 적시는 외로움은 참 벗어나기가 힘들다.

그런 외로움이 들이닥칠 때 가장 버려야 하는 것은 급하게 연애를 시작하려는 마음이다. '외로우니 누구 좀 만나볼까?' TV 프로그램에서든 현실에서든 꽤 자주 이런 말을 들어봤을 것이다. 그런데 이렇게 외로움의 증상만 없애려는 것은 잘못된 해소 방법이다.

만약 당신이 외로워서 연애를 덜컥 시작했다고 치자, 갑작스럽게 시작한 연애가 별것도 아닌 이유로 갑작스레 끝나면? 상대방이 내가 생각한 것보다 좋은 사람이 아니라면? 외로움을 해결하기 위해 연애를 시작했지만, 오히려 더 외롭다면? 외로움을 해결하기 위해 시작한 연애는 그 누구에게도 도움이 되지 않고 문제만 키울 뿐이다.

병이 생겼을 때 원인을 잘 알고 치료해야지 증상을 없애주는 약만 먹으면 소용이 없는 것처럼, 외로움도 그 본질을 알아야 건강한 해소가 가능하다.

그렇다면 외로움이란 어디서 새어 나오는 것인가. '인간은 누군가와 함께하도록 만들어졌다는 것', '모든 것은 유한하다는 것'. 이 두 가지 사실 때문에 외로움이 발생한다. 누군가가 나를 사랑하는 정도에도 한계가 있고, 내 문제에 공감해 줄 수 있는 정도에도 한계가 있으며, 사람은 모두 언젠가는 어떤 이유로 인해 떠나간다. 또한, 어느 누구도 다른 사람의 깊은 속에까지 다가갈 수 없다.

다시 말하면, 살아가면서 겪는 감정의 교류가 내가 원하는 선에 다다르지 못해서 그 공백만큼의 외로움이 생기는 것이다. 연애를 하지 않아도 외롭고, 연애를 해도 외로운 이유가 이 때문이다. 그래서 누군가를 통해 해결하는 것보다는 내가 이런 외로움의 특징을 인지하고 때마다 스스로 해결해야 한다.

　가벼운 대화가 필요한 정도의 외로움이라면 사람을 만나자. 마음이 맞는 친구를 만나서 그동안 쌓인 이야기를 맘껏 풀어 놓아도 좋다. 고민이 많은데 해결도 잘 안되고 털어놓을 수가 없어서 외롭다면 나가서 무작정 뛰어 보자. 몸이 피곤하면 정신적인 괴로움이 많이 덜어지고 고민도 작게 보이곤 하니까.

　그러다 간혹 정말 이유를 알 수 없는 진한 외로움이 찾아온다면, 조용한 곳에서 현재 내가 가진 생각들을 모두 적어 보자. 다른 사람이 해결해 줄 수 있는 건 한계가 있다. 내가 나를 잘 파악하여, 내 안에 깊이 자리하며 나를 괴롭히는 문제들을 끄집어내 마주하고 화해하자.

　끈덕지게 나를 붙잡는 외로움일수록 스스로 나의 마음을 들여다보고 토닥여야 건강하게 해소해 낼 수 있음을 잊지 말자.

어쩌면 가장 위험한 사랑

어쩌면 가장 위험한 사랑은
외로워서 시작한 사랑이지 않을까.

어떤 한 사람을 진심으로 좋아하게 되어서
설레는 마음에 어찌할 줄 모르고
상대의 작은 연락 하나에도 기쁨의 탄성을 지르며
베개에 얼굴을 파묻던 사람도

결국 사랑이 주는 아픔에
지치기 마련인데.

그런 무미건조한 마음을 갖고 시작하는 사랑이
과연 내게 쉼이 되고 위로가 될까.

그 외로움이 나아질까. 진심으로 행복해질까.

연애란 아프고 괴로운 일이 많을 것을 알고 있음에도
그 사람의 존재가 모든 것을 버티게 해 줘서
할 수 있는 것인데.
그런 사랑이 없이 찾아오는 괴로움을 견딜 수 있나.

끝없는 공허에서 헤엄치고 싶지 않다면
자신의 외로움을 덜어내기 위해
사랑으로 포장하며 기웃대는 사람을 경계해야 한다.
날 부추기는 나의 외로움까지도.

자존감을 지켜주는 사람

세상을 살아가다 보면 다양한 인간 군상을 접하게 된다. 사회생활을 하면서 다양한 사람들에게서 얼마나 크고 작은 스트레스를 많이 받는가. 사랑이란 그런 지친 일상에 힘이 되어야 하는 것인데, 만약 사랑에서도 상대를 위해 헌신하면서 스트레스 받고 지치는 일이 잦다면 그 연애를 이어가는 것이 맞는 선택인지 진지하게 생각해 보아야 한다.

연애는 내가 혼자일 때보다 더 행복하기 위해서 하는 것이다. 누가 현재보다 더 불행한 삶을 바라서 연애를 할까. 사회생활을 하다 보면 자존감이 바닥 치는 일도 생기기 마련이다. 사람들에게 이리 치이고 저리 치여서 깎인 내 자존감을 높여주기는커녕, 깎인 자존감을 더 깎는 사람과 연애를 하고 있다면 나 자신에게 미안하다고 사과

해야 한다.

  함께할 때 자존감을 높여주는 사람을 만나라고 다들 그렇게 입을 모아 말하는 데에는 이유가 있다. 연애를 통해 내 자존감을 높여주는 건 바라지도 않으니, 있는 자존감이라도 지켜주는 사람을 만나자. 핀잔과 상처 주는 말로 자존감을 깎아내리는 사람과의 연애를 억지로 참으며 유지하는 것은 사랑이 아니다. 그냥 사회생활이지.

  내 자존감을 갉아먹으며 나를 초라하게 만드는 연애에서 벗어나자. 더 버텨 봐야 내 인생에 도움이 되는 것이 하나도 없다. 내 마음에 생기를 불어넣어 주는 사람, 함께하는 것만으로도 치유되는 듯한 느낌을 주는 사람, 세상엔 그런 사람도, 그런 사랑도 존재한다고 당신에게 전한다.

성숙한 사랑

사랑은 사람을 성장시킨다. 첫 연애와 가장 최근에 했던 마지막 연애를 비교해 보자. 어리숙함이 사라지고 조급한 마음 대신 여유가 생겼으며 상대를 이해하는 폭이 훨씬 더 넓어졌을 것이다.

예전엔 그랬다. 불같이 사랑하며 행복을 만끽하다가 이별하면 바닥 끝까지 뚫고 들어갈 기세로 가라앉곤 했다. 이별한 뒤 찾아오는 공허함과 외로움, 슬픔에 잡아먹혀 허우적거리기에 바빴다.

그러나 시간이 흐른 후엔 날뛰던 감정들도 유순해졌고, 나 또한 가만히 앉아 내 속에 침잠하여 지난 연애를 돌아볼 수 있게 되었다. 지난 사랑에서 발견된 나의 못난 모습을 고쳐 다음 사랑을 할 때는 똑같은 후회를 남기지 않아야겠다는 다짐도 하게 되었다. 시간이 지나고 나서야 보이는 것들이 분명히 있었고, 그걸 알게 되었을 땐 마음이 한결 가벼워지더라.

   그렇게 여러 번의 사랑을 겪으면서 나의 모습을 성찰하고 나니 성숙한 사랑이란 바로 존중하는 사랑임을 알게 되었다.

   존중이란 사랑에 가장 필요한 요소이면서 동시에 익숙해지면 가장 쉽게 잊어버릴 수 있는 것이다. 상대의 모습을 있는 그대로 받아들이는 것, 그 사람의 단점까지도 포용하고 사랑하는 것. 그것이 바로 사랑하는 사람에 대한 존중 아닐까. 나는 이것을 잃었을 때 사랑의 끝에 도달하곤 했다.

   상대를 존중하지 않아서 생기는 나쁜 일들은
너무나도 많다.
그리고 그 일들이 계단이 되어 결국엔,
아득히 멀어, 눈에 보이지 않았던 이별에까지
순식간에 다다르게 된다.

   존중받는, 존중하는 성숙한 사랑이

언제나 당신 곁에 머물렀으면 한다.

가마득히 멀어서
이별의 윤곽조차도 전혀 감각지 못하고
마음껏 사랑하기를.

익숙한 것들과 작별하는 시간

이별을 하고 집으로 돌아오는 길엔 모든 것이 허무하게만 느껴진다. 그 사람과 했던 무수히 많은 약속. 서로의 눈을 보고 나눴던 그 말 중에서 과연 지킬 수 있었던 약속이 있긴 했나. 작은 것조차도 지키지 못할 거면서 미래에 관한 이야기는 뭘 그렇게 많이 한 걸까.

그런 생각들로 그 사람을 원망하며 아직 지우지 못한 채팅방을 손에 쥔 채 밤을 보내는 건 아닌지, 당신이 걱정된다.

누군가는 이렇게 말한다. "사람은 사람으로 잊는 거지." 하지만 당장 이별을 하고 누군가를 사무치도록 그리워하는 사람에게 이 말은 와닿지 않을 수밖에 없다. 내가 그 사람 때문에 죽을 것 같이 힘들고, 세상이 무너진 듯한데 그 말이 귀에 들릴 리 없다.

어쩌면 당연하다. 사람은 익숙한 것을 벗어나지 못하는 습성이 있으니까. 변화를 무서워하니까. 사랑도 마찬가지다. 그래서 이별하고 보내는 시간이 그토록 아픈 것이다. 그 사람과 보냈던 익숙한 일상들을 이제 혼자서 보내야 하니까.

  너와 함께 걷는 것이 익숙한 거리를 혼자서 걸을 때, 항상 너와 마주 앉아 먹던 밥집에 혼자 들어갈 때, 네가 없는데도 너와 관련된 습관들이 튀어나올 때면, 그 작은 추억들에 걸려 넘어지게 된다. 익숙함이 주는 안정이 사라지고 나의 반절이 떨어져 나간 일상에 다시 적응해 가는 것이니 마음이 속상하고 힘든 건 지극히 당연하다.

  그래서 이별이 무서운 것이다.
  내게 익숙했던 모든 것들을 놓아주어야 하니까.

  하지만 여기서 우리가 분명하게 알아둬야 할 부분이 있다. 그 사람이 없는 일상에 적응될 무렵, 날 괴롭히던 이별의 상념은 줄어든다는 것. 그 사람과 함께했던 지난날들이 더는 익숙한 것이 아니게 될 때, 이별의 아픔은 반드시 무뎌진다. 그 사실을 기억했으면 한다.

 하나 더, 지극히 개인적인 경험을 덧붙여서 당신에게 어
쩌면 무책임하게 들릴 수 있는 말을 전한다.

 연애가 끝나고 당시에는 힘들어 죽을 것 같았지만,
 결국 과거를 돌아보면 못 잊을 사람은 없더라.
 물론 임팩트가 너무 강렬했던 사람이라면
 완전히는 못 잊겠지.
 문득문득 생각나서 꺼내 볼 수는 있겠지.

 하지만 이별의 후유증이 가시지 않은 지금처럼
 세상이 무너질 정도로 아픈 감정이
 나를 괴롭히지는 않을 거야.
 그냥 약간의 좋은 기억만 남아 추억할 수 있게 될 거야.

날카로운 말

칼, 뾰족한 모서리, 유리 파편. 눈에 보이는 것만 날카로운 것이 아니다.

본디 말에는 힘이 있고 말이 주는 영향력은 상당하다. 그런 '말'로 상처를 주면 보이지는 않아도 듣는 이의 마음은 헤집어져 있고 오래도록 그 말이 깊은 곳에 박혀 있게 된다. 연애할 때 감정이 격양된 상태에서 상대에게 뱉은 말 때문에 결국엔 헤어짐까지 가는 사람들을 많이 봤다.

관계를 부수는 말은 셀 수 없이 많지만, 그중에서도 헤어지자는 말이 가장 회복이 어려운 상처를 남기는 말이지 않을까. 짧게 만난 사이든, 많은 희로애락을 함께한 오래된 사이든 "헤어지자." 단 네 글자만으로 그 관계가 끊어질 수 있으니 이 말처럼 날카롭고 아픈 말은 없는 거 같다.

　상대가 가벼운 마음으로 뱉었든 진지하게 생각하여 말한 것이든 그건 중요치 않다. 그 말로 인해 내가 쌓았던 그간의 사랑이 한순간에 철저히 무너지고 파괴되는 것은 마찬가지니까.

　간혹 헤어지자는 말을 무기 삼는 사람들이 있다. 상대보다 자신이 연애 주도권을 잡고 싶어서 그런 말을 도구로 사용하는 사람. 사랑을 인질 삼아 상대를 내 입맛대로 바꾸려는 사람.

　헤어지자는 말은 절대로 가볍게 해서는 안 된다. 한 번뱉기가 어렵지, 상대의 반응을 통해 이 사람이 나를 놓지않을 거라는 확신을 얻게 되면, 그때부터는 그 말을 남용하게 되니까. 나를 화나게 해서, 내 뜻에 따라주지 않아서. 이유가 생길 때마다 헤어지자는 말이 협박처럼 나올수 있는 것이다.

　휘둘리던 사랑을 해본 사람을 알 테다. 자신 또한 연애할 때 휘둘리고 싶어서 휘둘린 게 아니라는 걸. 그저 사랑하는 마음이 너무 커서 상대의 잘못된 언행조차 용서했던 것이라는 걸. 그렇게 관계가 잘못된 방향으로 흘러가는데도 참으며 그냥 넘어가는 일이 많아지면 그 결과가 얼마나 무서운지도 잘 알 것이다.

그러니 이별 통보를 들었다면 무작정 잡지 말고 곰곰이 생각해 봐야 한다. 이 사람이 나에게 주는 사랑의 크기가 내가 주는 사랑과 비슷한지. 저 말이 단순 협박인지 아닌지. 사랑의 격차가 크고, 상대가 그것을 이용할 수 있는 사람이라면 결국 큰 사랑을 주는 내가 아프게 되는 법이니까.

꼭 헤어지자는 말로 한정할 게 아니라, 사랑에 훼방을 놓는, 마음을 찢어 놓는 말을 자주 듣는 연애라면 한 번쯤 그 사랑을 돌아볼 필요가 있다. 좋은 마음, 좋은 말, 좋은 영향만 주고받기에도 우리의 시간은 언제나 짧다.

이별에 다른 이유는 없다

어떤 사랑을 했든지 이별에 다른 이유는 없다. 그저 사
랑이 다 닳았을 뿐. 그 사람과 결이 맞지 않아서, 가치관
이 달라서, 경제적인 여유가 부족해서 이별했다는 건 그
저 보기 좋은 포장일 뿐이다. 사랑을 시작할 땐 문제가
되지 않았던 것들이 이제는 거슬려 참지 못할 정도로, 더
사랑을 이어 나갈 이유가 보이지 않을 정도로 감정이 얕
아진 것이다.

우리는 사랑의 힘으로 많은 불가능을 이겨냈었다. 사
랑으로 성격 차이도 극복했었고, 결이 맞지 않는 부분도
맞춰갔었으며, 가치관 또한 존중했고, 경제적으로 부족
하더라도 소박하게 사랑하며 그 모든 것을 이겨내 왔다.

그래서 이별에 다른 이유는 없는 것이다. 사랑만 있으면

모든 것이 가능했던 우리였으니까.

　이별을 택한 이유를 꾸며내는 불필요한 행동은 하지 말
자. 누군들 사랑하면서 기쁜 날, 행복한 날, 좋은 날만 있
을 수 있나. 좋지 않은 날도 수두룩하지만 그럼에도 그 사
람이 소중해서 그 존재만으로 살아갈 힘을 얻곤 하는 것
이 사랑인 것을.

　그러니 이별에 이유를 대며
　과거를 매만지는 일은 하지 말자.
　사랑 없는 연애의 끝을 거듭 음미하는 것만큼
　날 초라하게 하는 것도 없으니까.

다시 사랑하는 것이 겁이 난다면

이전 사랑의 트라우마는 나로 하여금 새 사랑에 겁먹게 한다. 꼭 연애 경험이 많은 사람만이 느끼는 것은 아니다. 손으로 셀 수 있는 몇 번의 연애와 이별 경험만으로도 이런 감정이 깊숙이 자리 잡을 수 있다.

우리는 어떤 누구를 만나도 결국 사람은 똑같고, 사랑 또한 마찬가지라는 생각이 머릿속을 가득 채우고 있을 때 사랑을 두려워하고 피하게 된다. 연애 초반엔 다정했던 사람이 시간이 가면 갈수록 자신의 본모습을 보일 때가 많아지고 때로는 감정적으로 격앙돼 상처를 주고받는 일이 잦아지다 이별을 맞이하게 되지 않는가. 이 과정을 자꾸만 반복하니 사랑에 질려버린 것이다. 질리기만 했다면 차라리 다행이다. 잠시 휴식을 가지면 되니까.

그런데 새 사랑이 찾아왔고 자신도 사랑을 갈망하지만 망설이게 되는 사람은 내가 무엇 때문에 고민이 되고 겁이 나는지 진지하게 생각해 볼 필요가 있다. 단순히 '이전과 똑같을까 봐' 망설여지는 거라면 절대 고민하거나 두려워하지 마라.

사랑이라는 달콤한 꿈이 주는 책임의 무게를 너무나도 잘 알기에, 달콤한 꿈이 현실이 되었을 때 같이 찾아오는 아픔까지도 내가 감당해야 하는 걸 알기에, 미처 손을 대보지도 못하고 스스로 놓아버린 사랑이 너무나 많다.

'한 살이라도 더 어렸더라면 다가오는 사랑을 겁내지 않았을 텐데.'
'누군가를 힘껏 사랑하며 소비하는 감정이 이토록 버겁지는 않았을 텐데.'

나는 이젠 그런 아픔을 감당할 수는 없는 상태라고 되뇌는 것으로 내가 놓아버린 사랑에 대한 아쉬움을 없애고 합리화하려 하지 말자. 당신은 이미 새 사랑을 할 준비가 되어 있으니까.

사랑이 두려운 마음은 충분히 이해한다. 그럼에도 여전히 사랑은, 당신을 살게 하는 힘이 될 것이라 전하고 싶다. 사랑이라는 틀은 비슷할지언정 그 색과 빛깔은 다 다르니까. 그 사랑 안에 들어온 사람, 상황, 마음. 그 무엇 하나 이전과 같은 것이 없으니까.

그 새로운 사랑은 당신에게 처음 만나는 세상을 보여 주며, 또다시 살아갈 원동력을 줄 것이다. 당신을 그토록 짓누르던 두려움도 씻은 듯이 사라지게 될 것이다. 사랑하는 이와 함께 만들어 가는 세상은 그런 힘을 가지고 있다.

그러니 지난 사랑의 기억 때문에 새 사랑을 포기하지는 말자. 언젠가 새로운 사랑이 찾아온다면 지레 겁부터 먹기보다는, 사랑의 첫 시작이 주는 그 애틋함과 설렘을 온전히 누렸으면 좋겠다. 둘이 그려갈 새로운 미래를 기대했으면 좋겠다. 사랑을 시작할 수 있을 때 그 사랑을 잡았으면 좋겠다. 설령 후회하는 일이 생기더라도.

그 사랑이 후회로 물들지 영원한 빛을 내뿜는 사랑이 될지는 아무도 모르는 거니까.

이별이 어려운 너에게 전하는 말

용기 내어 시작한 사랑에 이별이 찾아오면
끝도 없는 공허 속에 집어 던져지는 듯하다.
그러나 끝났다고 해서 사랑한 모든 순간이
의미를 잃는 것은 아니다.

지나고 돌이켜보면,
사랑의 시작을 두려워했음에도
내가 얼마나 상대에게 큰 사랑을 줬었는지,
나의 세상을 멈추게 했던 이별을 건너면서
아팠던 만큼 얼마나 성숙해질 수 있었는지 알게 된다.

여전히 사랑은 어렵게만 느껴지고
이별은 낯설게 다가오지만

어렵고 낯설었기에, 그 서툴렀던 시간들이
다시 꺼내 보고 싶은 추억이 되는 것 아닐까.

가슴이 찌릿하도록 마음을 다해 사랑하는 것은
어쩌면 가장 근사한 일이다.

이별이 어려운 당신에게 이 말을 전한다.
여전히 우리 곁엔 많은 사랑이 숨 쉬고 있다고.
그 사랑이 당신을 기다리고 있다고.

3부

나를
사랑하는
연습

생동감을 잃지 말기

언젠가 숨이 안에서 무언가에 막혀 터지지 않고 마음
이 눌린 듯 답답했던 적이 있었다. 작은 방의 벽이 나에
게로 쏟아지는 듯한 느낌에 무작정 드라이브를 갔다. 얼
마나 달렸을까, 점차 도로에 차가 많아지기 시작하더니
한강이 눈에 보였다.

그런데 이상하게도 평소에는 불편하게만 느껴지던 이
막힌 도로 위에서 나를 누르고 있던 무언가가 작은 탄성
과 함께 터져 나왔다.

이 수많은 차는 어두운 밤에 다 어디로 향하고 있는 것
일까. 이제껏 업무를 하다 지친 몸을 이끌고 집으로 돌아
가고 있는 것일까. 아니면 사랑하는 누군가에게로 가고
있는 것일까.

다양한 사연을 담은 찬란한 불빛이 각자의 방향을 향해 조금씩 일렁이고 있는 모습을 보니 홀로 적막한 방 안에 있을 때는 해결되지 않던 부정적인 마음이 차분히 떠내려가는 것이 느껴졌다.

　부정적인 감정을 대면하는 것은 물론 필요하다. 이토록 빠르게 휘몰아치는 세상에서 묵묵히 침잠하여 내 마음을 들여다보는 시간은 당연히 중요할 수밖에 없다. 그래야 감정의 원인을 알고, 그 감정의 주인인 나를 알고, 후에 같은 일이 있어도 대처가 가능하니까. 그러나, 너무 오래 그 감정과 함께 갇혀 있어서는 안 된다.

　나만이 겪는 고난이라는 생각이 들고, 아무것도 하기 싫다는 생각이 들수록 내 발목을 잡아 이끄는 그 감정을 떨쳐 낸 후 밖으로 나가 무엇이라도 움직이는 모습을 내 눈에 담아야 한다. 생동감을 잃게 하는 감정은 족쇄와 같이 나를 가둬 가라앉게 하니까.

　나를 포함하여 수많은 사연을 가진 사람들이 치열하게 살아가고 있고, 어두운 밤에도 각자의 빛을 내며 움직이고 있다는 것은 차갑고 어두운 방보다 위로가 됨을 잊지 말자. 나를 가로막는 문제가 있더라도 멈추지 말고 열심히 흘러가자.

 그 끝엔 더 나은 내가 있고, 언제 그랬냐는 듯 평온한 하루가 또 찾아올 테니까.

불안을 받아들이는 연습

친구와 그런 이야기를 한 적이 있다. 불안함과 긴장감만 없어도 인생이 참 몇 배는 행복해질 것 같다고. 그 말을 듣고 문득 수능을 보던 때가 떠올랐다.

수능 전날 나는 다음날 있을 시험을 위해 일찍 잠에 들었었는데도 새벽 2시, 3시, 4시 계속 잠에서 깨곤 했었다. 몸이 긴장 상태에 있어서 깊이 잠들지 못했던 것 같다. 지금 생각해 보면 인생에서 중요한 시험이긴 하지만 그 정도로 긴장할 일은 아니라는 생각이 드는데 참 그 당시에는 인생이 걸린 것처럼 큰 벽과 마주한 느낌이었던 것 같다. 내가 겪어보지 않은 일이어서 그랬던 거겠지.

그런 감정이 드는 내가 가끔 답답하기도 하지만, 불안함이라는 것을 느껴보지 않은 사람이 있을까? 아마 현재까지의 긴 인류의 역사를 찾아봐도 없고, 미래에도 없을 것이다. 겪어보지 않은 미래의 불확실함에서 오는 불안감은 당연하고, 무엇인가를 알 수 없음에서 오는 불안감, 너무 행복하면 오히려 걱정되는 불안감까지. 그 색깔도 정도도 참 다양하지 않은가.

그런 다양한 양상에도 결국 원인은 이것 때문이다. '무지'와 '유한성'. 사람은 겪어본 일에 대해서도 다 알지는 못하며 겪어보지 않은 일에 대해서는 더더욱 알지 못한다. 그리고 세상의 모든 것은 유한하다. 이러한 요인들이 모여 불안함을 만드는 것이다.

꽃이 아무리 아름다워도 한 계절이 지나도록 싱그럽지 않으며, 상쾌한 가을 날씨가 몇 달 내내 이어지지 않는 것처럼 우리의 삶도 그렇다. 언제까지고 학생일 수 없으며 언제까지고 20대일 수 없다. 어떤 단계든 끝이 존재한다.

그러나 세상의 모든 것은 또한 흐르기도 한다. 꽃이 떨어져 거름이 되어 다시 새로운 생명을 피우고, 제 잎을 떨어뜨린 나무가 혹독한 겨울을 나고 새순을 틔우며, 우리의 삶 또한 끊임없이 변화를 겪고 성장한다.

이처럼 세상의 '유한성'은 무지한 인간에게 다양한 변화를 제공하며 본질적으로 해결되지 않는 불안이라는 감정을 갖게 하지만, 모든 것이 변하지 않고 사라지지도 않는 끔찍한 정지 상태에 가둬지지 않아, 어떤 상황이든 반드시 새로워질 거라는 희망을 품게도 한다.

이것이야말로 사람에게 주어진 가장 아름다운 선물 중 하나가 아닐까.

그러므로 살아가면서 예상치 못한 순간들에 불쑥 생겨나는 불안함이라는 감정은 당연하게 여기고 거듭 끝과 시작을 반복하는 삶을 기쁘게 받아들일 필요가 있다.

지금의 순간이 좋으면 더 소중해서 행복해하고, 지금 순간이 좋지 않으면 더 나은 날이 올 거라는 사실을 믿고 기뻐하자. 내가 알지 못해서 더 아름다운 삶이라는 것을 인정하고 서투른 나의 모습도 너그럽게 봐주자.

거센 변화의 물결 앞, 벽처럼 서 있지 말고 삶의 흐름을 따라 헤엄쳐 가자.

내 인생의 채점자

학생 때는 배우는 내용뿐 아니라 가야 하는 길에도 어느 정도 '정답'이랄 게 있어서 매번 정답을 찾아야 하는 질문 앞에 놓이곤 한다. 그리고 내가 낸 답 위의 동그라미와 체크 표시가 웃게도 하고 울게도 한다. 내 답의 부족함을 체험하며 위치를 확인하는 순간의 아픔은 누구라도 알 것이다.

그런데 상위 몇 퍼센트로 올라가기 위한 길고 긴 일직선의 싸움이 끝나고 성인이 되면 답이 없어서 답답한 상황이 이어진다. 학생일 때는 세상에 이렇게 다양한 선택지가 있는지 몰랐는데 그냥 던져진 기분이 든다. 누구도 정확히 알지 못하는 상황에 대하여 내 선택이 맞는지 고민하는 것을 반복한다.

뭔가 문제가 있어도 무엇이 잘못되어서 생긴 문제인지 알 수 없는 삶, 잘못한 일이 없어도 그냥 불행한 일이 찾아오기도 하는 삶. 참 살아갈수록 새로운 고민이 생겨날 수밖에 없다는 것을 느낀다.

그러나 하나 기억해야 할 것은 수학 과학처럼 수적인 계산과 삶은 다르다는 것이다. 삶의 양상은 너무도 다양해서 정답이라는 것이 존재할 수가 없고, 아무도 함부로 내 삶이 오답이라 도장 찍을 수 없다.

그러니 결과만 보이는 세상에서 사람들이 과정을 알지 못하고 하는 말이나 시선들은 신경 쓰지 말자. 나의 삶은 1등, 2등, 자격증, 회사의 직급, 어떤 경력 등으로 함축시킬 수 없는 소중한 경험과 그것을 통해 나만이 얻을 수 있는 생각들로 가득하니까.
진짜로 나를 이루는 것은 결과가 아니라 과정에서 쌓인 것들이니까.

내 인생은 오지선다가 아닌 드넓은 종이에 쓰는 주관식 논술임을, 채점자는 오로지 나뿐임을 기억하자. 내 답지 위의 모든 과정을 내가 사랑한다면 스스로 큰 동그라미를 그리면 된다.

이별 후 나 혼자서도 행복하기 위한 연습

이별 후에 가장 어려운 것은 나 혼자서 행복을 만드는 것이 익숙해지도록 노력하는 과정일 것이다. 사랑을 할 때는 둘이 함께하는 것만으로도 행복한데, 그것에 더해 서로를 기쁘게 하기 위한 다양한 노력을 한다. 그래서 비교적 나를 위한 노력이 없이도 쉽게 행복해졌다.

그런데 이별 후에는 사랑하는 이를 위해서 했던 노력들이 나를 향하게 해야 한다. 문제는 부정적인 감정을 지워내는 것에도 많은 시간과 에너지가 들어가는데, 이제 나 스스로 나의 행복을 위해 노력을 하는 것이 어색해졌다는 것이다.

그 사람을 위해서 하는 것은 쉬웠는데 나를 위해 뭔가를 하려고 해보니 당최 뭘 해야 할지 모르겠다는 생각도 든다.

그래서 이별 후 가장 피해야 할 것이 간단한 쾌락들이다. 우울감을 피하려고 술을 취할 때까지 마시거나 새 사람으로 잊겠다고 만남이 쉽게 이뤄지는 장소를 가는 등의 행동은 당장은 이별 후에 남은 내가 감당해야 할 복잡한 문제와 감정들을 잊게 해주는 것 같지만, 근본적으로 해결해 주지는 않는다. 오히려 그렇게 함으로써 더 회복이 힘들어질 수 있다.

어렵고 느리더라도 내가 나를 건강한 방식으로 기쁘게 만드는 것에 익숙해져야 혼자 있더라도 행복을 쉽게 찾을 수 있게 되고, 혼자 있어도 행복해야 좋은 새 사랑이 찾아올 수 있게 된다.

그러니 조금은 어색하더라도 작은 것부터 나를 위한 무언가를 시도해 보자. 길가의 작은 점포에서 예쁘게 포장된 꽃 한 송이를 사든, 평소에 수집하던 물건을 하나 장만하든, 좋아하는 친구와 만나 소중한 시간을 보내든.

찾아보면 사랑을 할 때는 못 했던 내가 좋아하는 것들이 생각보다 많이 남아 있을 것이다. 오래된 일기장을 들춰보듯 내가 애정을 갖던 것들을 꺼내어 그 위에 쌓인 먼지를 툭툭 털어내자. 오래 사랑한 누군가를 떠나보낸 후 나 자신을 찾고 행복해지는 연습은 거기서부터 시작된다.

행복 노트

내가 참 좋아하는 친구가 있다. 매사에 밝고 긍정적이며, 힘든 상황이 있어도 크게 감정이 요동치지 않아서 옆에 있는 사람이 안정감과 편안함을 느끼게 되는 친구.

하루는 그 친구와 오랜만에 만나 대화를 하다가 어릴적에는 지금과는 전혀 다른 모습이었다는 이야기를 들었다. 사람은 크면서 변하기도 하지만 그런 모습이 상상이 안 되어서인지 어떤 일을 겪은 덕에 지금처럼 밝고 기복 없는 사람이 된 것 같냐고 물어보았다.

그런데 그 친구의 답이 꽤 인상적이었다.

그 친구는 가장 비관적이고 걱정 많던 시기에 '행복 노트'를 매일 적었다고 한다. 그날에 있었던 좋은 일, 행복했던 일을 5가지 이상 적고, 그날의 내 기분을 간단히 정리하는 것이다.

참 간단하지만, 작은 것이더라도 행복했던 순간을 집어 정리하는 것만으로 하루를 기분 좋게 마무리하고 나라는 사람을 알 수 있게 되겠다는 생각이 들었다. 사실 생각해 보면 하루 중 가장 기억에 남는 일이 그날 하루 전체를 지배하곤 한다. 힘든 일이 가장 기억에 남는 날은 좋은 일이 있었어도 그날 전체가 통째로 힘들었던 날로 기억되고, 화나는 일이 가장 기억에 남는 날은 행복한 일을 겪었어도 하루 종일 화났던 날로 기억되지 않는가.

그런 의미에서 하루 중 가장 기억에 남는 일을 정리하는 일기도 좋지만, 행복한 순간을 건져내는 '행복 노트'가 나를 건강한 사람으로 만드는데 더 많은 도움이 되겠다는 생각이 들었다.

그렇다면 조금은 걱정이 될 수도 있다. '행복한 일이 없으면 어쩌지? 적으려다 다 못 채우면 내게 이만큼이나 행복한 일이 없었다는 생각에 괜히 더 불행해지는 것 아닌가?' 하면서.

이와 같은 생각을 하며 무엇을 적었는지 기억나냐고 물었던 나에게 그 친구는 웃으며 이렇게 대답했다. '초코우유가 맛있었다.' '그날 하늘이 예뻤다.' '내가 건널목에 도

착하자마자 신호등이 켜졌다.' 그냥 그런 것들을 적었다고. 적다 보니 이런 작은 것들도 나에게 행복을 줄 수 있다는 것을 알게 되었다고.

행복해지는 것은 어렵지 않다. 내가 행복 레이더를 민감하게 작동시키면 되는 것이다. 누구에게나 작은 행복은 일상 속에 찾아오고 그것을 발견했는지, 못했는지에 따라 그날의 행복과 긍정에너지가 정해진다. 충분히 행복할 수 있는데 모르고 넘어가는 것은 너무 아깝지 않나.

이 글을 읽은 모두가 일상의 작은 기쁨을 발견함으로써 행복이 습관이 되는 경험을 했으면 좋겠다.

타인에게 필요 이상의 관심 두지 않기

많은 사람이 모이는 곳에 가보면 온종일 가십에만 관심이 있고 남 이야기만 하는 사람이 꼭 있다. 다른 사람의 삶에 대해 뭐가 그리 할 말이 많은지 계속 남의 불행한 장면을 비밀이라면서 이야기하고 험담을 하기도 하며 또 다른 사람의 이야기가 들려오면 관심을 두고 계속 캐묻는다.

이런 사람들은 보통 자신의 인생이 재미가 없고, 내가가진 해결되지 않는 문제들을 대면하고 싶지 않아서 도피성으로 다른 사람의 인생을 평가하며 노는 것이다. 내인생에 열정이 있는 사람들은 내 생각과 내 미래에 모든관심이 쏠려 있고 할 것이 많아서 다른 사람의 이야기는잘 알지도 못하고 하지도 않는다.

진짜 건강하게 살기 위해서는 타인에게 필요 이상의 관

심을 두어서는 안 된다. 내 인생에 모든 관심을 쏟아야한다. 다른 사람의 인생에 대해 생각하고 논하는 것은 정작 중요한 내 삶을 발전 없이 멈춰 있게 하는 행동일 뿐이다. 그런 이야기로 낭비할 시간에 내 인생에 대해 생각하고 내가 회피하고 싶은 문제들과 대면해 해결하려 노력해야 한다.

  그리고 남의 이야기를 재밌어하는 사람들에게서는 거리를 두고 내 삶을 사랑하는 사람들을 옆에 많이 두어야한다. 내가 그렇게 하고 싶지 않더라도, 험담을 즐거워하는 무리에 끼면 어쩔 수 없이 동조하게 되는 일이 생기기 때문에, 그런 이야기를 즐기는 사람보다 몇 배는 더 힘들어질 수 있다.

  열정적으로 살아가는 사람들을 옆에 두자. 꾸며내지 않더라도 다양한 생산적인 이야기가 오고 갈 것이며, 서로 배울 것이 많아 내면의 성숙이 빠르게 이뤄질 것이다. 건강한 관계 속에서 자라가며 타인이 아닌 내 인생에서 가장 큰 재미를 찾자.

주인공으로 살아가기

나는 내 삶의 주인공이라는 말을 많이 들어봤을 것이다. 누구나 공감할 말이고 참 힘이 되는 사실이다. 그런데 주인공을 연기하는 것이 아니라 진짜 주인공으로서 살아가려면 어떻게 해야 할까.

드라마나 영화를 보면 많은 조연들 특히 라이벌로 나오는 캐릭터는 주인공을 질투하고 주인공과 자신을 끊임없이 비교하며 오직 주인공을 뛰어넘는 것만이 삶의 목표인 것처럼 행동한다.

반대로 주인공은 오직 건강한 방식으로 나의 행복을 추구하는 것에만 관심이 있는데도 결국은 그 라이벌을 뛰어넘어 버린다. 여기서 우리는 어떻게 살아야 진정 주인공으로 살 수 있는지 알 수 있다.

비교하지 않는 것. 그것이 내 삶의 주인공으로서 살아갈 수 있는 방법인 것이다.

사람은 태어날 때부터 환경, 유전자, 재능, 외모 무엇 하나 똑같은 사람이 없다. 쌍둥이조차도 모든 조건이 똑같지는 않다. 출발할 때의 조건도 이렇게 다른데 겪은 경험과 걸어온 역사가 쌓이면 어떻게 될까. 더더욱 세상에 비슷한 사람은 찾아보기 어려워지는 것이다.

그만큼 다채로운 것이 인생인데 당장 어떤 순간에 가는 길이 조금 겹쳐 있다는 이유로 그 사람과 나를 비교한다면 나를 갉아먹는 감정들에 잠식되는 것은 물론이고 절대로 내가 내 인생의 주인이 될 수 없을뿐더러 그 사람만 좇는 삶이 되어 버린다.

비교하고 질투하며 내 인생에 다른 주인공을 끼워 넣지 말자. 주인공은 그냥 되지 않는다는 것을 기억하며, 건강하게 나만의 행복을 찾는, 내가 중심에 서 있는 삶을 살아가자.

늦어도 돼

수능 날마다 종종 뉴스에 만학도 소식이 올라오는 것을 본 적이 있을 것이다. 주변에도 열심히 살아가는 사람들이 참 많지만 이렇게 나이, 환경, 주변의 시선 등 모든 악조건을 견뎌내고 하고 싶은 일을 하는 만학도분들의 소식을 접할 때마다 가슴 속이 뿌옇게 흐려지며 찡하더라.

사람은 살아갈수록 다양한 이유로 인해 포기하는 것에 익숙해지는데도, 모든 힘든 조건을 이길 정도로 열정을 가질 수 있는 일이 있다는 것과 내가 하고 싶은 일에 도전하는 행동력이 정말 대단하게 느껴지고 존경스러웠다.

우리는 대부분 고등학교까지는 비슷한 길을 걸어온다. 같은 것을 배우고 같은 시험 준비에 몰두하면서. 그래서인지 고등학교를 졸업하고 딱 20살이 되었을 때 대학에 가거나 취업에 성공하지 않으면 그 후로 꽤 긴 시간 동안 내가 늦었다는 생각에 잠식되어 조급한 마음이 깔려 살게 된다. 늦었다고 생각하는 만큼 무언가를 더 빨리 더 많이 이뤄내려고 고군분투하면서.

그러나 언제 무엇을 준비하건 절대 늦은 시기는 없다. 내가 그리는 미래를 위하여 투자하는 것일 뿐이지. 이 넓은 세상에 정석 루트라는 게 있을까. 인구가 약 80억 명이라면 80억 개의 다른 출발선에서 시작하여 다 다른 역사와 다른 종착지가 담긴 80억 개의 삶이 있는 것인데.

어릴 적부터 10여 년의 정규 교육과정을 밟아 왔으니, 인생의 어떤 단계를 통과하는 적정 나이가 있다고 느끼게 되는 것도 당연하지만, 지금 내 일상의 경계 안에 있는 사람들을 넘어서 더 많은 사람을 만나보면 느껴질 것이다. '참 다양한 인생이 있고, 늦었다고 도장 찍을 만한 인생은 하나도 없구나.'

그러니 대학이든 창업이든 취업이든 준비하면서 내가 원한 것보다 몇 년이 늦어졌다고 하더라도 내가 고민하고 노력해서 준비한 길이라면, 내가 정말 하고 싶은 일이라면 절대 늦었다고 생각하지 말자. 그리고 많은 시간을 들이더라도 내가 꼭 해야겠다고 결심하게 되는 일이 있다는 게 얼마나 행복한 것인지를 잊지 말자.

자신이 원하는 것을 하기 위해 노력하는 사람들은 나이가 몇 살이든 그 열정이 어린 눈빛만은 닮았더라. 그토록 빛나는 것이 있을까. 마음 깊이 원하는 것이 있다면 절대 늦었다는 이유로는 포기하지 말자.

새로움을 더하자

방에 앉아 몇 시간이고 계속 노트북만 들여다보면서 일을 하던 날이었다. 작게 난 창 앞에 자라던 나무의 성긴 가지 사이로 빛이 들어왔다. 순간 오늘 하루를 이렇게 보내는 것이 아쉽다는 생각이 들어 자리를 박차고 일어나 나갔다.

시간은 저녁 여섯 시쯤, 노르스름해진 하늘과 퇴근하는 사람들로 덮인 길 위의 약간은 들뜬 에너지가 내 마음을 간질였다. 분위기에 매료된 탓인지 무언가 평소와 다른 행동을 해볼까 하는 생각이 들어 무작정 걷기 시작했다. 걷다 보니 평소에 이렇게 자세히 주변을 보면서 느긋하게 걸어본 적이 없었다는 걸 깨달았다.

한 번도 가보지 않았던 길을 걸으며 새로운 풍경을 눈에 담았다. 자박이는 발소리와 마을버스의 소리, 멀리서 들려오는 이름 모를 카페에서 튼 노래가 내 앞의 장면과 어우러지며 어떻게 이토록 벅찬 느낌을 줄 수 있는지. 아름다웠다.

노랫소리가 가까워지자 아담한 카페가 나왔고, 나는 매일 먹던 아메리카노가 아닌 카페의 시그니처 메뉴라는 크림 라테를 시켰다. 창밖에 뉘엿뉘엿 넘어가는 해가 만들어 낸 발간 구름이 카페 안 공기의 색까지 바꿨을 때, 입에서 느껴지던 달콤하고 쌉싸름한 라테의 맛. 눈앞에 펼쳐진 가을을 마시는 듯했다.

그날 하루는 특별한 일이 있었던 것이 아닌데도 내가 받아들인 새로움이 아직도 그날을 특별하게 행복했던 날로 기억하게 한다.

익숙한 것들은 안정감을 준다. 마음이 지친 날일수록 익숙한 것들에 손이 가지만, 그런 날일수록 새로움을 찾아 시도해 보자. 평소에는 잘 먹지 않는 달콤한 라테, 걸어본 적 없는 길, 듣지 않았던 노래 무엇이라도 괜찮다.

평소에 나의 하루를 이루던 것들은 충분히 좋지만, 나에게 어떤 변화를 주지는 않는다. 상황에도, 마음에도. 지치고 가라앉은 마음에는 작은 것이라도 변화가 필요하다.

익숙함이 이유 모를 답답함으로 다가올 때 새로운 시도는 생각보다 별로였든, 괜찮았든 나의 하루를 특별하게 만들어 주곤 하니까. 평소의 것들을 어쩌면 다시 사랑할 수 있게 해주니까.

새로움으로 작지만 특별하게 행복한 장면을 만들어 보자.

나를 다그치지 않기

생각해 보면 난 나 자신을 정말 많이 다그치고 스스로 구박하며 힘들게 하는 타입이었다.

상체만 한 책가방을 거북처럼 메고 실내화 가방을 질질 끌고 다닐 정도로 키가 작았을 때도 바라는 것은 어찌나 컸는지. 가진 게 꿈밖에 없었다. 꿈이 많으면 마냥 좋을 것 같았는데 그 기대치를 채우지 못하는 나 자신을 보며 어찌나 분했는지 모른다. 작은 숙제부터 각종 시험, 프로젝트까지.

그렇게 오랜 시간 동안 세찬 물을 맞아 깎인 바위처럼 내 몸과 마음이 닳고 나서야 내가 나를 보지 않고 있었다는 것을 알았다. 이러다간 잘 되더라도 어떤 목표를 이뤄냈다는 몇 줄만 남고 나는 남지 않겠구나.

보통 열정이 많고 무언가를 잘하고 싶은 마음이 큰 사람일수록 자신을 구박하곤 한다. '왜 나는 이 정도밖에 못 하는 건지', '왜 열정과 마음만큼 일이 잘 안되는 건지' 원통해하면서.

그러나 나를 너무 다그치지 말자. 일어난 결과에 대해 자책하는 것은 상황을 전혀 나아지게 하지도 못하고, 이미 위축된 나를 깎아내 더 작아지게 만드는 행동일 뿐이다. 사람이 개입할 수 있는 것은 결과가 아니라 과정이다. 충분히 노력했다면, 그 상황에서 최선을 다했다면 결과에 대하여 나의 폐부를 찌르는 따가운 말들은 넣어 두자. 그리고 앞을 보고 열심히 달리다가도 물도 마시고 땀도 닦으며 나를 다독여 주자.

어쩌면 잘하고 싶은 사람일수록 내 삶에서 나에게 가장 많은 상처를 준 사람은 과거의 나일지 모른다. 삶은 생각하기 나름인데 얼마나 많은 기특한 마음들로 나를 괴롭혔는지.

평생에 걸쳐 연습해야겠지만 스스로 칭찬까지는 못하

더라도 절대 다그치지는 말자. 깊은 좌절감이 들고 슬픈 일이 있어도 오래 아프진 않도록. 손이 닿지 못한 목표 지점이 아닌 나의 상태를 먼저 볼 수 있도록.

무례함으로부터 나를 지켜내기

살다 보면 무례하거나 존중 없는 말과 행동을 툭 받아낼 때가 많다. 그런 말과 행동은 마치 예상치 못할 때 세게 날아온 피구 공처럼 마음에 확 박혀 순간적으로 멈칫하게 만든다.

이런 경우 나를 지키지 못하는 방법으로는 분노를 참지 못하여 방금 느낀 나의 감정을 쏟아내듯 전달하는 것과 꾹 참고 넘어간 후 혼자 스트레스받으며 끝내는 것이 있다.

더 난감한 것은 후자의 경우이다. 내가 그렇게 해본 적이 없어서 무례함을 느껴도 그냥 참고 넘어가는 것. 이런 사람들은 배려가 넘쳐 다른 사람에게는 상처를 주지 않지만 내가 받은 상처에 대처하는 것은 어려워한다.

참 불편한 상황이긴 하지만 무례함을 경험했을 때 그냥 넘어가서는 안 된다. 나를 지키기 위해 몇 가지만 꼭 기억하자.

첫째, 저 사람은 바뀌지 않고 바꿀 필요도 없다는 것을 기억하자. 보통은 자신이 하는 행동이 무례하다는 걸 모르는 사람들이 다른 사람에 대한 존중이 없이 행동한다. 그것을 내가 알려줄 필요도 없을뿐더러 안다 해도 그 사람이 쉽게 바뀌지 않는다는 것을 인지해야 내 에너지를 낭비하지 않을 수 있다.

둘째, 무례하게 행동한 이유를 알려고 하지 말자. 내 기분을 상하게 할 목적이었다면 정말 이유를 알 필요가 없고, 보통은 무례한지 몰라서 그렇게 행동하므로 이유랄 게 없다. 내가 아닌 다른 사람이었어도 그 사람은 그렇게 행동했을 것이다. 나의 어떤 점이 마음에 들지 않아서 존중 없는 행동을 한 것일까 애써 고민하지 말자.

셋째, 감정 없이 건조한 표정과 말로 대응하자. 내 감정을 담지 않고 무례한 행동이라는 사실만 전달하는 것이 그 행동을 한 사람에게도 더 크게 다가올 수 있고, 나에게도 부정적인 영향을 주지 않는다. 무작정 참으면 속에 쌓여 나를 병들게 한다.

  대상에 따라 차이는 있겠지만 가까운 관계일수록 더더욱 무례한 행동을 겪었을 때 티를 내지 않고 그냥 지나가서는 안 된다. 다시 안 볼 사이라면 그냥 넘어가도 큰 문제가 없겠지만, 계속 얼굴을 마주 봐야 하는 사이라면 내가 안 좋은 감정을 더 키우지 않도록 그 사람에게 언질을 주는 것이 그 사람에게도 나에게도 좋은 일이다.

  사람 사이에 주고받는 것들은 감정이든 행동이든 쌍방향으로 오고 가야 탈이 나지 않는다. 나를 위해서 속에 쌓아두지 말고 무례한 행동에 적절하게 대응하는 연습을 하자.

나에게 집중하는 시간 갖기

내가 좋아하는 친구 중에 자기 생각이 뚜렷하고 자신을 잘 아는 친구가 있다. 그 친구는 항상 자신에 관한 질문에 대답도 잘하고, 자기의 생각을 조리 있게 잘 말해서 그냥 마주 보고 앉아 대화를 하는 것만으로도 좋은 힘을 얻게 되더라.

그런데 친구의 이런 면모를 통해 에너지를 얻는다는 것을 반대로 생각해 보면, 세상의 풍랑에 떠밀려 나를 알 생각도 못 하고, 살아가는 것만으로 급한 사람들이 많다는 뜻 아닌가. 조금은 씁쓸하다.

우리는 수많은 사회 속 구성원으로 살아가면서 나 자신을 잃을 때가 많다. 내가 만나는 사람들을 파악하고 그들의 의견이나 생각을 묻고 들어야 할 일이 많은 이 세상의 구조 속에서 살아가려면 어쩔 수 없는 결과이긴 하다.

그렇지만 그럴수록 더 시간을 내어서 구성원으로서 살아가느라 색이 옅어진 진짜 나를 알아가려고 해야 하지 않을까. 그렇다면 어떻게 해야 나를 알 수 있을까.

우선 가장 쉬운 방법은 스스로 질문하는 것이다. 내가 좋아하는 것, 내가 싫어하는 것, 닮고 싶은 사람과 그 이유, 내가 생각하는 나의 장점, 단점, 가장 행복했던 순간, 최근에 가장 슬펐던 순간 등 사적인 질문들을 해보며 나의 특정 감정이 어떨 때 생겨나는지, 어떤 것이 나의 감정을 열어주는 문이 되는지 확인하는 것이다. 그렇게 되면 내가 어떤 것에 행복해하고 불행해하는 사람인지 알 수 있게 된다.

일기를 쓰는 것도 좋은 방법이 된다. 그날 가장 인상 깊었던 일과 감정을 적어두는 것이 한두 개일 때는 별거 아닌 것처럼 보여도 하루하루 쌓이면 내가 어떤 곳을 보고 있고, 무엇에 목말라하는지 알 수 있게 해준다.

그리고 책을 읽는 것도 아주 좋은 방법이다. 다양한 책을 한 번 읽는 것도 좋지만, 한 책을 꼭 두 번 이상 읽기 바란다. 한 권의 책은 내용은 같지만, 읽을 때마다 새로운 생각을 불어넣어 준다. 1번 읽을 때와 2번, 3번 읽을 때 눈에 들어오는 부분이 달라서 또 다른 감상이 생기게 된다. 그리고 내가 이전에 읽었던 것이더라도 1년 후, 5년 후 읽을 때는 느낌이 또 다르다.

내가 처한 상황, 현재 가진 생각만큼 많은 것을 계속 얻어낼 수 있는 것이 책이기 때문에 나를 알고 세상을 알고 싶다면 꼭 독서를 해야 한다.

그동안 나를 잘 파악하지 않고 있었다면, 나에 관한 질문인데도 바로바로 답하지 못하는 것도 많을 것이고 이런 과정이 어렵다는 느낌을 받을 수도 있다.

그러나 이젠 사회에서 나를 표현할 때 쓰는 인적 사항들 말고 진짜 내가 어떤 사람인지, 무엇으로 나를 표현할 수 있는지 잘 찾아가 보자. 그 노력이 쌓여야만 어느 회사의 직원, 어느 학교의 학생, 누구의 아들, 딸이 아닌 나라는 사람의 색을 되찾을 수 있다.

외부의 자극에 익숙해지지 말기

참 편한 세상이 되었다. 이용할 수 있는 플랫폼이 늘어난 것뿐 아니라 알고리즘이 내 관심사까지 파악하여 내가 좋아할 만한 것들을 찾아 주고 있으니 말이다.

무언가 사고 싶어서 검색을 한 번 하면 그것과 관련된 수많은 정보와 광고가 SNS에 뜨곤 하는데 이렇게 종류가 많았나 싶을 정도로 형형색색의 제품들이 시선을 끈다. 이렇다 보니 쇼핑할 때는 직접 검색하여 고르는 시간도 줄이고 편리한 것이 사실이다.

그러나 필요한 물건뿐 아니라 모든 카테고리가 나의 취향에 귀 기울이고 있다는 것이 큰 문제가 된다.

편리하다는 말은 결국 내가 생각하고 행동할 일이 줄었다는 건데 다르게 말하면 시야나 생각이 가둬지고 있다는 것이다.

자동으로 나의 취향만을 찾아 계속 띄워주니 우리는 기껏해야 손가락을 몇 번 움직이는 것 말고는 하지 않는다. 몇 분 후면 뭘 봤는지도 기억이 나지 않을 정도로 많은 '숏폼'들이 몇 초마다 계속 다른 자극을 주며 생각을 멈추게 한다.

이제는 정말 여러 이유로 휴대전화와 떨어질 수 없는 삶이 되어버렸지만, 더는 아무 생각 없이 나에게 추천되는 알고리즘을 따라 의미 없는 시간을 흘려보내지 말자.

스스로 생각하는 시간을 늘리자. 책을 읽는 것, 영화처럼 긴 영상을 보는 것, 풍경을 보며 정처 없이 걷는 것 등 내가 주체적으로 생각해서 감상을 얻어낼 수 있는 취미를 만들자.

그리고 원래 관심이 있었던 것 말고도 다양한 것을 시도하자. 맞춤형 정보가 나를 둘러싼 세상에서 이제껏 내가 잘 몰랐던 '새로운 것'이란 정말 삶에 필요한 요소가 되었다. 외부에서 자동으로 주입되는 자극이 나를 수동적인 사람으로 만들어서 간단한 생각도, 새로운 것도 시도하지 못하게 만드니까. 우리는 이제 의식적으로 많은 것에 도전해 볼 필요가 있다.

　느리고 어렵더라도 능동적으로 생각을 만들어 내는 것을 즐기는 사람이 되자.

마음에도 환기가 필요해

친구와 그런 이야기를 한 적이 있다.

"나는 평생 내 얼굴을 직접 볼 수 없다니 이상해." 당연한 사실이고 당시에는 둘 다 웃어넘겼지만, 그 말이 맴돌며 많은 생각이 들었다.

하루 동안 내게 들어오는 감각 정보가 얼마나 많은가. 다른 사람의 말, 행동, 표정, 다양한 상황을 수도 없이 받아들이고 해석하며 사는데, 나는 내 표정도 거울이 없다면 보지 못하고 스스로 내가 가진 어떤 것에 대해 애써 생각하지 않으면 나에 대해 알 수 있는 시간이 없는 것이다.

이 깨달음은 내 하루 루틴에 변화를 주었다. 일과를 끝내고 나면 온갖 것이 뒤엉킨 피로한 마음 상태에서 그냥 바로 잠들곤 했었는데, 그날 이후로는 하루를 마무리할 때 일기를 쓰거나, 그날 가장 인상 깊었던 나의 감정에 대한 원인을 찾으며 나를 알아가고 마음을 환기하는 시간을 갖게 된 것이다.

 마음에는 정보와 생각이 들어오는 두 개의 문이 달려 있어 하루만 지나도 많은 것들이 쌓여 있게 된다. 그중 대부분이 케케묵어 먼지가 쌓인 후 잊히는 것이다. 그러므로 우리는 들여다보지 않으면 있는 줄도 모를 나의 감정과 생각들을 들춰내고 먼지를 털어낼 필요가 있다.
  내일이 되고 일주일이 지나고 한 달이 지나면 내가 가졌는지도 모르고 지나간 나의 것들이 저 깊숙한 곳에서 잊혀 갈 것이니까. 그리고 그것들이 쌓이면 후에 부정적인 감정으로 표출되어도 원인을 모르게 되거나 나에 관한 질문들에 답을 할 수 없는 경우가 많아지게 될 테니까.

 처음엔 이런 것들이 정말 나를 이해하게 하고, 내 인생에 도움이 될까, 그냥 모르는 대로 살아도 되지 않을까 하는 의구심이 들 수도 있다.
  그렇지만 인생의 많은 아픔은 나를 모르는 것에서 비

롯된다. 하루를 마무리할 때 오늘의 나를 만나는 연습을 해보자. 어색하더라도 마음에 달린 문을 활짝 열어 환기를 해주자.

충분히 슬퍼하기

머리가 멍해지고 생각이 모두 멈추도록 슬픈 날이 있다. 이 감정을 어떻게 흘려보내야 할지 몰라서 아무것도 하지 못하는 날. 그때 나는 감정이 주장하는 대로 힘없는 팔다리를 이끌고 침대에 누워 잠을 잤다. 그 문제는 일단 뒤로 미뤄둔 채로.

그러다 보니 결국엔 살아지긴 했다. 평소처럼 일도 제대로 하고, 친구와 만나서 웃으며 떠들기도 하고. 그런 감정은 겪어보지 않은 사람처럼 잘 살았다고 생각했는데, 해결되지 않았던 그것은 마음 깊숙한 곳에 자리 잡아 나도 모르는 새에 몸집을 키우고 있었다.

그리고 전혀 예상치 못했던 상황에서 그것이 비집고 나와 터져 버렸다. 우는 것은 도움이 되지 않는다며 꾹 눌러 참던 내가 그날은 얼마나 많은 눈물을 흘렸는지 모른다.

묵은 감정은 날 변화시킨다. 나는 잘 모르더라도 슬픔을 외면한 뒤 꾹 참고 살았을 때 다른 사람들은 아마 내가 평소와 다르다는 것을 느꼈을지 모른다.

감정이란 스스로 사라지지 않아서 어떤 방법으로든 해소해야 하는 것인데 외면하고 묵혀두면 묵혀둘수록 안에서 다른 어떤 것과 결합해 비관적인 생각을 만들어 내거나, 더 슬프지 않기 위해 건강하지 못한 행동 방식을 만들어 내는 등 좋지 않게 발현된다.

슬픈 상황이 일어난 것은 나의 잘못이 아니고 내가 바꿀 수도 없지만 슬픔을 관리하는 것은 온전히 내 몫이다. 누구도 대신 아파해 줄 수 없고 완전한 위로를 해줄 수 없기 때문에 내가 내 감정에 책임감을 느끼고 해소해 내야 하는 것이다.

슬픈 감정은 살아있다면 누구에게나 생긴다는 것을 인정하자. 그것을 다양한 이유로 억제하지 말고 우울감의 향이 나를 뒤덮어 흘러나오지 않도록 건강하게 해소하자. 맘껏 울어도 좋고 노래방에서 소리를 지르며 풀어도 좋다. 나만의 방식을 찾아 충분히 슬퍼하자.

선택과 순응

삶은 가벼운 것에서 무거운 것까지 정말 다양한 선택의 연속이다. 종종 어떤 선택이 아주 큰 결과를 낳을 수 있을 때 사람은 멈춰 서서 머뭇거리게 된다. 내 행동 하나가 나의 인생을 완전히 바꿔 놓을 수도 있고, 잘못될 가능성도 있으니까.

그런데 그렇게 중대한 사항일수록 우리는 남이 아닌 나의 소리에 아주 오랫동안 귀 기울일 필요가 있다.

내 삶에서 큰 선택을 할 때 보통은 가족, 친한 친구, 전문가 등 믿을 수 있는 사람에게 조언을 구한다. 날 아껴서 돕고자 하는 사람들과 지식을 갖춘 전문가에게 조언을 받는 것은 필요한 과정이고 분명 큰 도움이 되지만 선택만은 온전히 내가 내 마음에 집중하여 해내야 한다.

내 모든 상황과 마음을 가장 잘 알고 있는 사람은 나 자신이며, 내 선택에 대한 과정과 결과를 모두 책임질 사람도 나 자신이니까. 그래서 내가 스스로 선택에 대한 확신을 가진 후 결정해야 하는 것이다.

오롯이 감당할 사람은 나인데 내가 확신이 없이 어떤 의견에 떠밀려 선택한다면 그 과정에서 힘든 일이 생겼을 때 원망의 화살이 튀거나 후회하게 된다. 그러므로 지난한 고민의 과정을 거쳐 결정하고, 결정한 후에는 뒤를 보지 말아야 한다.

어떤 일이든 겪어보지 않으면 모르니 힘이 들수록 내가 택하지 않고 포기한 길이 더 탐스러워 보일 수 있다. 그러나 무엇을 하든 어려운 상황은 온다. 이미 길에 들어섰다면 어떤 상황이 오든지 내가 최선의 결정을 했다고 믿고 순응하며 해결해 나가자.

다른 사람의 장점을 보기

 같은 사람을 보더라도 긍정적인 면을 잘 찾아내는 사람이 있다. 그런 사람과 함께 있으면 그냥 나는 언제나처럼 똑같이 행동했을 뿐인데 엄청난 칭찬을 듣고 얼떨떨하면서도 쑥스러운 상태가 되어 버린다.

 그리고 집에 와서는 '나한테 그런 좋은 면이 있었구나. 저 사람은 다른 사람의 그런 면을 섬세하게 알아차려 칭찬까지 해주는 다정함이 있구나. 그게 그 친구의 주변에 사람이 가득한 이유이자 특별한 매력이구나' 하며 다양한 것을 깨닫고, 그런 점을 닮고 싶다고 생각하게 된다.

 칭찬이라는 것이 행동 자체는 어려운 게 아님에도 그 결과는 이처럼 긍정적인 에너지와 시선의 변화를 불러온다는 점에서, 먼저 좋은 점을 알아차리는 다정한 시선이 있어야 한다는 점에서 정말 노력해야 하는 행위인 것이다.

 완전하게 좋은 것과 완벽한 사람이란 없는 이 세상에서
시선이라는 것은 정말 중요하다. 같은 사람을 보더라도
긍정적인 면을 먼저 보는 사람과 부정적인 면을 먼저 보
는 사람의 삶은 꽤 큰 차이를 보인다.

 긍정적인 면을 잘 보는 사람은 상대가 그 따뜻함을 통
해 자신의 장점도 칭찬을 해준 사람의 장점도 보게 만든
다. 그러나 사람의 단점을 먼저 발견하는 사람은 스스로
그 대상에 대한 선입견을 만들어 버려서 그것이 눈빛이
나 행동에 드러나게 되고 말로 꺼내지 않더라도 그 부정
적인 시선을 상대가 느끼게 한다.

 사실 둔한 사람조차도 누군가가 자신에 대한 편견이나
부정적인 이미지를 가지고 있는지, 그렇지 않은지는 알
수 있다. 누구나 단점이 있는 법인데 어느 누가 내 단점
을 먼저 보고 나에 대한 선입견을 품고 있는 사람을 좋
아하겠는가.

 그렇게 되면 당연히 좋은 반응이 돌아올 리가 없고, 성
급하게 평가해 버린 당사자는 그 반응을 느끼며 '아, 역

시 내 생각이 맞았어. 저 사람은 나랑 안 맞아.'라고 생각하고는 편견을 더 확고히 굳히게 될 것이다.

  결국 처음부터 친절하게 다가오는 사람이 있을 때를 제외하고는, 그런 사람 곁엔 부정적인 시선만 돌고 돌게 되는 것이다.

  우리가 기억해야 할 것은 부정적인 시선이 세상에 대한 내 기본적인 태도가 되어 버리면 사람뿐 아니라 상황, 나 자신에 관해서도 단점부터 찾는 것이 익숙해져서 삶이 쉽게 불행해질 수 있다는 것이다.

  세상의 모든 것은 완전하지 않은데, 같은 것을 보아도 좋은 점을 발견할 수 있어야 더 기쁜 순간이 가득한 삶이 되지 않을까.

진짜 부족함 판별하기

언젠가 동생과 그런 이야기를 했다. 자신의 부족함을 인정하는 것이 쉽지 않다고. 다른 사람에게 이야기하는 것은 물론이거니와 내 스스로 인정하고 싶지 않은 내 모습이 수두룩하다고.

정말 그렇다. 내 입으로 꺼내면 너무 초라해져서, 혹은 그렇게 믿고 싶지 않을 정도로 그 부족한 모습이 싫어서 나를 제대로 보고 내 결핍을 인정한다는 것은 참 쉽지 않다.

그런데 '부족함'이란 뭘까? 사람은 내가 가지지 못한 것만 열망한다. 그래서 내가 가진 것이 아무리 많아도 가지지 못한 것에 시선을 두고 갖고 싶어 하며, 부족하다고 느낀다. 그래서 누구에게나 각자의 결핍이 존재할 수밖에 없는 것이다.

문제는 그 결핍을 인지하는 것은 쉽지만 그게 내 삶에 정말 필요한 것인지는 잘 판별하지 못한 채 살아가고 있는 경우가 많다는 것이다. 우리는 '내가 그것을 가질 수 있는지' 고민할 게 아니라 '나에게 그것이 진정 필요한지'를 먼저 깊이 생각해야 한다.

그래야 내가 못 가진 것을 가진 사람을 보며 생기는 부정적인 감정에 빠지지 않을 수 있고, 나의 시간, 에너지, 열정을 진정 내 삶을 윤택하게 해줄 수 있는 곳에 쏟을 수 있다.

이것을 알고 나서야 나의 부족함을 인정하는 것도 의미가 있고 그것을 내가 나아가는 원동력으로 쓸 수 있게 되는 것이다.

그러니 엉뚱한 곳에 나의 귀한 시간과 감정을 낭비하지 않도록 부족함을 제대로 판별하자. 진짜 내 삶을 더 나은 곳에 올려 줄 수 있는 결핍만 모아서 사다리 삼아 살아가자. 이럴 때 내가 판별해 낸 부족함은 더 나은 나를 가장 빨리 만나게 해줄 최고의 방법이 된다.

넘어짐까지도 소중히 여기기

초등학교 운동회 날이었다. 나는 운동회의 꽃인 이어달리기의 두 번째 주자였다. 달리기를 잘하는 편이어서 많은 기대를 받고 있어 그런지 서 있을 때부터 긴장을 많이 했었다. 들뜬 분위기 속에 경기가 시작되었고, 앞 주자가 잘 뛰어서 2등으로 나에게 바통을 넘겨주었다.

나는 쿵쾅거리는 박동을 느끼며 평소보다 더 빠르게 뛰어나갔는데, 열심히 하고자 하는 마음이 컸던 나머지 코너를 돌면서 발이 꼬여 넘어지고 말았다. 그때 참 어렸는데도 창피하고 당황해서 머리가 멍해지는 것을 느꼈다.

그런데 아이러니하게도 넘어져 있으니 조금 긴장이 풀렸다. 달릴 때는 앞에 있는 사람만 보이고 뒤에 오는 사람의 발소리를 들으면서 마음이 마냥 급했는데, 넘어져 있다가 일어나는 몇 초간 운동장 밖에서 응원하는 사람

들의 모습도 눈에 들어오고, 높은 하늘도 보이고, 내 상
태도 보이니 급하기만 했던 마음이 정리되었던 것 같다.

결국 좋은 기록은 못 냈지만, 그때 내가 고개를 들며 눈
에 담았던 풍경은 아직도 생생히 기억에 남는다.

나는 커가면서 진로가 예상치 못하게 여러 번 바뀌곤 했
다. 그중에서도 가장 중요한 시기에 좋아하던 일을 그만
둬야 할 상황이 와서 정말 낙심했던 적이 있었다. 그때 아
주 깊은 곳까지 가라앉았었는데 운동회 날 넘어졌을 때
봤던 풍경이 갑자기 떠오르며 다시 힘이 났다.

멈추는 게 나쁘지만은 않다는 걸 깨달았던 나의 첫 기억.

'그래. 넘어지지 않았으면 내가 이토록 지쳐있었는지 몰
랐겠지. 새로운 일을 시작하면 된다는 생각도 전혀 해보
지 못했을 거야.'

나는 그 생각으로 한계까지 달려 온 나를 토닥이며 새로
운 길로 들어설 수 있었다.

우리는 넘어지면 창피하고 위축된다. 그러나 넘어졌기 때문에 계속 보던 각도가 아니라 다른 각도에서 세상을 볼 수 있게 된다. 앞만 보고 달렸을 때는 나보다 앞선 사람의 뒷모습만 보였는데 넘어지고 나니 옆에서 나를 응원해 주는 사람들과 나 자신을 볼 수 있게 되었던 것처럼.

인생도 마찬가지다. 목표를 향해서 뛰고 있을 때는 그 목표 지점의 깃발이 너무 간절해서 정말 중요한 것들은 놓치기 쉽다. 그러나 잠깐 발이 묶였을 때 우리는 내가 지금 저곳에 도착할 수 있는 상황인지, 심하게 다친 곳은 없는지, 나를 믿고 응원하는 사람들보다 경쟁자만 보고 있지는 않은지 생각할 수 있게 된다.

그러니 잠깐은 당황스럽더라도 넘어짐까지 소중히 여기자. 멈추는 경험이 없었더라면 알 수 없고 볼 수 없던 것들이 너무나 많으니까. 나에게 더 잘 맞는 새로운 가능성이 있다고 하더라도 보지 못하게 되었을 것이니까.

내 상황을 잘 점검하고 툭 털고 일어나 새로운 길로 가는 문이 열려 있지는 않은지 잘 살펴보자.

생각보다 별거 아니야

우리는 지난 것들은 별거 아닌 일들로 생각하고 기억할 때가 많다. 그 일을 겪기 전에 잘 몰라서 고민하고 걱정한 것보다 의외로 잘 지나갔기 때문인 걸까.

언젠가 초등학교 1학년인 학생에게 그런 질문을 한 적이 있다. "학교에 입학하니까 어때?" 그랬더니 그 아이는 슬쩍 어색한 미소를 지으며 "숙제가 너무 많고 놀 시간이 없어서 힘들어요. 유치원 때는 재밌었는데."라고 말했다.

너무 귀여우면서도 내가 처음으로 초등학교에 들어갔을 때의 기분이 생각나서 참 저 아이도 나름대로 고민이 많겠구나 싶었다.

처음은 항상 어렵다. 겪어보지 않아서 이렇게 하는 게 맞는 것인지, 잘못되진 않을지 고민도 많고 단계를 밟아 나가는 과정도 다소 서투르다.

그런데 어떤 일이든 결국은 해결해 나가다 보면 시간이 지나고 나서는 능숙해져서 그 서투름과 고민이 사라지고 우리가 초등학생의 고민을 들으며 귀엽게 느끼는 것처럼 별거 아닌 일로 생각하게 된다.

우리는 얼마나 많은 처음을 지나왔는가. 셀 수도 없을 것이다. 그러니 지금 또 새로운 출발선에 놓여 있다고 해도 너무 걱정하지 말자. '내가 지금껏 해온 것처럼 또 능숙해질 날이 올 거야. 처음은 원래 다 서투른 거지.'라고 생각하며 마음을 누르는 짐을 벗어 버리자.

결국은 그 일도 나중에 웃으며 이야기할 수 있을 정도로 나를 이루는 익숙한 것들이 될 테니까. 걱정이 부풀린 '처음'의 몸집에 겁먹고 있지만, 생각보다 별거 아닐 테니까.

습관처럼 내뱉는 말 돌아보기

삶은 쉽지 않다. 정말 가진 것이 많고 더 바랄 것 없어 보이는 사람에게도 해결되지 않는 고충이 있다. 그런 세상을 살면서 매사에 우울감이 들어올 틈도 없게 긍정적인 마음가짐으로 무장하는 것은 여간 어려운 일이 아니다.

친구와 일상적인 메시지를 주고받아도 "나 요즘 이런 일이 좋아."라거나, "오늘 이런 즐거움이 있었어."라는 말이 나오기보다는 "이런 게 힘들어.", "이런 상황이 있는데 피곤해."라는 말을 더 많이 하게 된다.

F형 공감 T형 공감에 관한 이야기가 밈이 된 것도 대화를 이루는 요소 중 고민 상담이나 하소연의 비율이 다른 것보다 월등히 많기 때문인 것 같다.

종종 믿을 수 있는 사람과 각자의 삶의 어려움을 나누고 고민 상담을 하는 것은 좋은 해소 방법이다. 그러나 그런 특별한 해소를 위한 것이 아니라 평범한 하루를 돌아보았을 때도 습관적으로 내가 부정적인 말을 뱉고 있지는 않은지 꼭 생각해 봐야 한다.

　말하는 대로 된다는 것은 단순히 희망을 주기 위한 말이 아니다. 말이라는 것은 생각을 담고 있고, 말을 뱉는 화자가 그 말을 자신의 귀로 직접 들으며 다시 생각에 영향을 끼치기 때문에, 또한 그 생각은 결국 화자의 행동과 성격에까지 영향을 주기 때문에, 부정적인 말을 자주 뱉어서는 안 된다는 다소 강렬한 메시지를 주고 있기도 한 것이다.

　우울감이 들어올 때, 낙심할 만한 일이 있을 때 우리는 정말 어렵더라도 습관적으로 나오는 부정적인 말들을 가둬둬야 한다. 내 생각이 그렇지 않더라도 긍정적인 단어로 말함으로써 그 말이 가진 따뜻한 형상이 나를 덮어 이 상황이 그리 나쁘지만은 않다고 느끼도록 해야 한다.

'아, 그렇지. 더 좋은 날이 올 거야.'

'이렇게 되어서 오히려 낫지.'

'결국은 나에게 더 좋은 결과로 돌아올 거야.'

 뱉기까지는 믿음이 없었던 말을 다시 내가 들을 때 생각이 뒤집히는 놀라운 경험을 하게 될 것이다. 힘겨운 순간과 갖가지 부정적인 말들이 넘치는 세상에 나만은 나에게 긍정과 희망의 말들을 들려줌으로써 용기를 북돋아주자. 그 삶 속의 아름답고 희망적인 면을 보게 해주자.

 세상과 상황은 바꿀 수 없더라도

 나의 말과 생각은 바꿀 수 있으니까.

 그것만으로도 행복의 정도가 달라지니까.

보듬어 주는 사랑

사랑은 서로 다른 두 사람이 만나 하나의 그림을 그리는 것이다. 그렇다 보니 서로의 다른 점이 조화를 이뤄 멋진 그림을 그릴 때도 있고, 찌그러진 선을 그려 못나질 때도 있다. 그 부분이 갈등을 만들어 대화하는 시간을 갖고 화해까지 무사히 하고 나면 두 사람은 '내가 이런 부분은 변할게'라는 약속을 하곤 한다.

그리고 얼마간은 그렇게 서로가 원하는 모습대로 그려가는 것 같지만 다시 그 마음에 들지 않는 선이 튀어나오게 된다.

우리는 보통 내가 가진 장점을 상대가 갖고 있지 않을 때 답답해하고 바뀌길 바란다. 그래서 간과하고 있다. 내가 저 사람의 장점을 닮아가는 것이 어려운 것처럼 나를 위해 이제 노력하기 시작하는 저 사람도 쉽지 않을 것이란 사실을.

기계처럼 명령을 입력하고 수정하여 바로 적용되는 존재가 아닌데 그런 변화가 쉽게 될 리가 없다. 사람의 습관이란 탄성이 있어서 그것을 바꾸려 할 때 일시적으로 바뀌긴 하겠지만 그 당기는 노력이 없어지는 순간 빠르게 다시 돌아와 버린다. 아주 오래 쌓여 온 습관들이지 않은가. 사랑한다고 하더라도 긴장을 놓치면 돌아오는 것이 당연하다.

그러니 사랑하는 사람과 갈등을 해결한 후 상대가 변하기 위해 노력하겠다고 말한다면, 그 마음가짐만으로 고맙게 여기고 기다려 주자. '왜 약속했는데 바뀌지 않지?'라고 생각하면 서운한 감정만 계속 쌓이고 힘들어진다. 나 또한 내가 약속한 대로 변했다고 생각했어도 그 사람의 기준에서는 그렇지 않을 수 있으니, 서로의 속도를 이해하고 따뜻한 마음으로 봐주자.

서로의 부족한 점을 보듬어 주는 인내가 사랑을 더 아름답게 빚는다. 삐뚤어진 그림을 그려도 괜찮다. 사랑으로 덧칠해 나가자.

사랑의 유지 기한

무더운 여름, 그런 생각이 문득 떠올랐다.

사랑하긴 하지만 이 연애가 나에게 좋은 영향을 주는 것 같지는 않을 때, '사랑은 원래 아프기도 한 거지.'라는 생각으로 누르며 유지해도 되는 기한은 얼마나 될까? 이 여름이 눅진하게 살갗에 달라붙는 건 당연한 거지만 사랑이 아플 때 참는 것도 당연한 걸까?

사랑하면 당연히 서운하거나 슬픈 일도 생기고, 갈등도 생긴다. 사람은 그 누구도 나와 같을 수 없기에 이것은 다른 인간관계에서도 당연히 있는 일이다. 그리고 갈등을 해결하는 과정을 통해 더 관계가 성숙해지고 깊어지기도 한다.

그러나, 순간적인 슬픔과 서운함이 아니라 나를 끊임없

이 불행하게 하고 나를 잃게 만드는 사랑이라면 단호하게 끊어내고 벗어나야 한다.

사랑은 항상 몰입을 전제로 한다. 필연적으로 다른 것에 시선이 가지 않게 하는 특징이 있다는 것이다. 이 사람이 너무 좋아서, 잃고 싶지 않아서 나를 포함하여 나를 이루는 것들을 하나둘 머릿속에서 지우게 한다. 사랑을 잃지 않으려 노력하면 그 크기와 비례하여 나를 잃게 될 수밖에 없고, 그것이 당연한 일인 것처럼 스스로 느끼게 한다. 물론 이런 몰입 자체가 나쁜 것은 아니다. 자연스러운 감정이고, 내가 쏟는 에너지와 내가 받는 에너지의 크기가 비슷하면 더 돈독한 관계라는 결과로 돌아오니까.

그러므로 우리가 건강한 사랑을 위해 해야 할 일은 그 대상을 잘 파악하여 판단하는 것이다. 내가 이 사람에게 정신적 에너지를 바쳐도 아깝지 않은지, 내가 마음을 떼어내 건네는 만큼 돌아오고 있는지, 그래서 나를 망치고 있지 않은지 확인해야 한다.

나를 구성하는 많은 부분을 뒤로 밀쳐내고 이 애정을 그 사람에게 쏟는 것이 나를 망가뜨리고 있다는 생각이 들면서도 나를 잃어가는 것과 건강한 행복을 위해 기꺼이 나를 줄 수 있는 것은 다르다. 가치가 있는 대상에게 노력하자. 내가 닳을 만큼 닳아 기한이 다 된 것 같다면 미련 없이 놓아버리자.

사랑이란 마음의 소중함을 아는 사람에게 가야 빛이 나니까.

마음의 이사

  나는 꽤 이사를 많이 다녔다. 무언가에 많은 정을 주는 타입은 아닌데도, 자주 가던 단골 커피집, 거실에 난 아담한 창으로 보이는 하늘, 세월이 묻어있으면서도 아기자기한 동네 풍경 등이 이제 내 하루에 없다고 생각하니 괜히 아쉽더라.

  그러나 당연하게도 나는, 나에게 더 적합한 환경의 동네로 이사를 했다. 좋은 단골 커피집이 생겼고, 다른 모양의 창을 통해 보이는 색다른 하늘을 갖게 되었으며, 아늑한 동네 풍경도 생겼다. 그리고 나는 새로운 나의 동네에서 만든 추억들이 퍽 마음에 든다.

  환경 때문에 이사를 하든, 직장을 떠나야 할 때든 우리는 살면서 정들었던 어떤 것을 떠나보내야 할 때가 많이 있다. 그런 경우 아쉽긴 해도 정들었던 것을 놓아버리고 나에게 필요한 것을 단호하게 선택한다.

그러나, 사랑의 경우에는 나를 망치더라도 정든 사람을 붙잡고 나아가지 못하는 경우가 허다하다. 사랑을 기반으로 한 정이라는 것은 어쩜 그리 끈질긴지.

어렵더라도 나를 망치는 아픈 사랑은 그 어떤 것을 떠날 때보다도 단호하게 떠나야 한다. 그 사람이 없으면 마음이 허전할 것 같아서, 쌓아온 시간이 있어서, 내 생활에 그 사람이 이미 너무 깊숙이 들어와 있어서 다양한 문장으로 말할 수 있겠지만 결국 나를 불행하게 하는데도 헤어지지 못하는 이유는 정 때문인 것 아닌가.

우린 슬프게도 그 사실을 알고 있다. 알면서도 나를 작아지게 하는 그 사람을 놓지 못해서 더 속상하고 애달프다. 그러나 사랑이란, 순간 슬픈 일은 있더라도 끊임없이 불행해서는 안 된다. 삶의 힘든 순간을 사랑으로 이겨내야 하는데 삶의 힘든 부분이 사랑이면 안되는 것이다.

우리의 삶은 길지 않고 나를 진심으로 사랑하는 사람과

행복만 해도 짧다. 옆에 있는 그 사람이 날 진정 위하고 아낀다면 나를 존중하지 않는 모습은 보이지 않을 것이다. 나를 작아지게 하는 사람과는 더 이상 함께하지 말자. 당신은 그런 사람과 함께하기에는 너무도 소중하니까.

익숙한 것을 떠나는 것이 쉽지 않고 겁은 나겠지만 걱정하지 말자. 오히려 더 나은 세상이 펼쳐질 것이라는 사실을 믿자.

마음의 이사는 불행한 사랑에 발목 잡혔던 당신을 가장 빠르게 행복으로 옮겨다 줄 것이다.

이별까지도 사랑이다

영화나 드라마를 보다 보면 누군가와의 이별이 큰 상처가 되어 시간이 많이 흘렀음에도 남아있는 아픈 감정을 잊으려 고군분투하는 인물들을 많이 보게 된다.

그렇게 이별의 아픔이라는 소재가 아주 흔한데도 매번 사람들의 시선을 끄는 이유는 그 마음이 너무 공감되어 짠하고, 내가 겪은 것이 생각나 울컥할 때도 있기 때문 아닐까.

이별은 아무리 겪어도 익숙해지지 않는다. 모든 이별이 그러하지만, 특히 사랑하는 사람과의 이별은 더욱. 둘의 삶이 포옹하여 맞닿은 부분이 오랜 시간을 지나 굳어졌는데 그 부분을 갑자기 잘라 낸 후 안 아플 사람이 있을까.

잘라 낸 후에도 남은 그 사람의 흔적을 보고 싶지 않아서 알아서 떨어져 나갈 때까지 두면 오래도록 아프고, 그렇다고 문질러 지우면 더 심히 그립다. 그리고 없어져 버린 절반을 볼 때마다 사랑이라는 것에 허무함을 느끼게 된다.

  그러나 잊기 힘들어서든, 들춰보면 더 아파서든 그대로 두어서는 안 된다. 아픔을 지우는 이별의 과정까지도 사랑이다. 나를 위해서 최선을 다해 사랑을 마무리해야 한다. 상처가 생겼는데 그냥 두면 나을 때까지 오래 걸릴뿐만 아니라 새살이 돋아도 흉터처럼 남아 온전히 나은 느낌을 주지 않는다. 계속 그 사람이 있던 어떤 장면이 나에게 아픔으로 남는 것이다. 혹은 사랑 자체도.
  그렇게 되지 않도록 흐릿한 기억만 남고 감정은 남지 않게 잘 지워 내자. 마음이 아프더라도 적극적으로 이별하자. 그 누구도 아닌 나를 위해서.

  털어낸 이전 사랑의 기억이 바닥에 쌓여 깨달음이 되고 나를 받치는 받침대가 될 즈음, 보게 될 것이다. 당신에게 손 내미는 따뜻한 새 사랑을.